G000153722

Pierre Moinot

de l'Académie française

Le matin vient
et aussi la nuit

Gallimard

Né en 1920 en Poitou, Pierre Moinot participe en 1942 à la résistance puis à la campagne d'Italie et au débarquement en Provence. Blessé, il reçoit la Légion d'honneur à titre militaire. Procureur général honoraire près la Cour des comptes, ancien collaborateur d'André Malraux il a occupé d'importantes fonctions dans le secteur public culturel et contribué aux réformes de l'audiovisuel.

Les thèmes de la chasse, du voyage et la proximité de la nature marquent son œuvre romanesque [*La Chasse royale*, *Le Guetteur d'ombre*, *La Descente du fleuve*, *Le matin vient et aussi la nuit...*] et conduisent à une méditation allégorique sur la condition humaine. Ses biographies romanesques [*Mazarin*, *Jeanne d'Arc*] sont l'occasion d'une réflexion sur le pouvoir. Il a été élu en 1982 à l'Académie française.

À Élise, Nicolas, Mélanie,
David, Clémentine,
Diégo et Céleste,
mes petits-enfants

Je remercie Bertrand Poirot-Delpech qui m'a amicalement décidé à écrire ce livre.

Sentinelle, que dis-tu de la nuit ?
Le matin vient, et aussi la nuit.

Isaïe 20-12

I

MARIA

Maria sortit de la cuisine, tenant d'une main les deux coins relevés de son tablier, de l'autre le saladier brun dont l'émail intérieur, à la jointure d'une craquelure, fit fuser un jet de soleil qui s'irisa, puis, comme elle approchait, s'éteignit. De sa lourde main de femme grasse, mais avec la légèreté qu'elle avait dû avoir autrefois, elle posa le saladier sur la table près de laquelle Lortier lisait en fumant sa pipe, déversa du tablier des poignées de cosses à peine duveteuses de petits pois, et tira vers elle la chaise de fer que levant les yeux elle plaça de façon à éviter l'ombre de la tonnelle.

— Votre femme m'a dit que vous les aimiez. Ce sont les premiers, dit-elle, des nains à grains ronds, très précoces.

— D'où viennent-ils ? dit Lortier.

— De chez vous. Je les ai semés en novembre.

— Tant mieux, dit Lortier.

C'était surtout Mo qui aimait beaucoup les

petits pois, comme elle aimait tout, avec un plaisir dévorant, comme si elle voulait maintenant effacer les années de privations et d'angoisse mortelle de la guerre, qui n'était finie que depuis deux ans. Puisqu'ils venaient du jardin il serait bien obligé d'aimer les petits pois lui aussi. Distraitement il regarda la vallée, les grands prés très verts où deux ou trois fermes avaient déjà mis leurs bêtes, les deux peupleraies qui s'effilaient en pinceaux gris rosé, les chaumes nus des pentes boursouflés parfois de rochers, auréolés de taillis couleur d'amande pâle encore roussis du vieux feuillage des petits chênes. Bien qu'elle fût très vaste, et peut-être parce que la lumière transparente la dessinait avec netteté, ou parce qu'elle était très familière, la vallée entière vue de la terrasse de la vieille maison forte semblait vive et paisible, d'une proximité surprenante.

— Si je disais qu'autrefois j'étais belle, dit Maria, évidemment personne ne me croirait.

Elle fendit la première cosse d'un coup d'ongle qui s'inversa pour égrener les pois avec un léger tintement.

— Et pourtant j'étais belle, reprit-elle, mais j'ai été longtemps sans le savoir parce que c'étaient les vieilles femmes qui m'attrapaient par la tignasse en me disant : « Regardez-moi ça, ça lui vient aux fesses, regardez-moi cette couleur, on dirait du blé. » Même quand les hommes me l'ont dit ensuite, c'était d'abord un petit plaisir, une gorgée chaude. Et qu'étions-nous ? Des gosses mal lavées, aux robes trop courtes, avec des chaussettes et de gros souliers trop grands que Mme de Cherves donnait à ma mère, et que j'aimais beaucoup à cause des talons. Après l'école, quand on y allait, c'est vrai qu'on aimait traîner, mais avec des cœurs d'innocence. Et je l'avais encore, ce cœur-là, monsieur, quand on a commencé à regarder danser. Quand le parquet était monté sur la place le dimanche, il y avait des fentes à l'endroit où les toiles de la tente se recouvraient, nous n'avions bien sûr pas d'argent pour nous faire timbrer la paume du cachet violet qui donnait permission d'entrer ou de sortir comme on voulait, le cachet dont les grandes étaient si fières qu'elles essayaient de le garder longtemps pour montrer qu'un cavalier avait payé pour elles. Qui aurait donc payé pour nous, telles que nous étions ? Quand on en avait assez de regarder on enlevait nos souliers et on dansait entre nous sur l'herbe, près de l'église. C'est en écartant la fente de la toile que je l'ai vu, lui, pour la première fois. Je ne savais pas qu'il s'appelait Louis. Il dansait la valse comme on la dansait dans les campagnes, complètement à plat, sans aucune houle, en glissant si facilement que je l'imaginais soulevé par un fil. Je voyais son profil gauche, puis sa nuque, puis la tête de la fille qui le masquait, puis encore ce profil, celui qui avait une raie dans les cheveux, une arête de nez très

15

mince, une petite moustache, une bouche avec la lèvre inférieure fendue au milieu et si rouge qu'elle paraissait fardée. Peut-être que je n'ai rien vu de tout ça très précisément la première fois, mais j'étais comme une alouette au-dessus du miroir, je n'entendais plus la musique ni le grand roulement des talons sur les planches, je suivais le grand cercle que finissaient par faire tous les petits tours de valse jusqu'au moment où il passait très près de moi, les épaules fortes sur cette taille de fille, le col blanc fermé par le lacet noir de la cravate, la veste boutonnée presque jusqu'en haut et cet air qui paraissait si doux jusqu'à ce qu'on remarque les yeux, deux prunelles glacées cerclées de jaune comme un rapace, des yeux désirants, et on comprenait alors que sa grâce était comme l'agilité coulée et la souplesse en vol d'un épervier ou d'un jean-le-blanc ou d'un busard. Quand ils se sont arrêtés, j'ai vidé mes poumons et j'ai dit à Malvina qui regardait avec moi : « C'est celui-là que je veux. » Mais attendez, il y a eu encore quelque chose ce jour-là, ce même jour : à la fin du bal on était là, à les regarder sortir tous, et cet homme est sorti lui aussi en tenant par les épaules deux filles qui riaient, il m'a découverte debout près de la bâche relevée, et ses yeux m'ont plumée comme s'il me tenait entre ses serres, toute raide et fagotée et peut-être même sale avec ma grande natte jusqu'aux fesses. Il a lâché les filles. Il a pointé son

16

index qu'il m'a posé sur le front, très légèrement, sans dire un mot, en me fixant presque durement, en me traversant avec le regard, en fouinant à travers moi, et son visage était devenu celui d'un chasseur qui découvre un lièvre au gîte. J'étais glacée, je n'ai même pas compris que j'essayais de lui prendre la main pour la lui embrasser ; alors il a éclaté de rire et il m'a dit : « Es-tu folle ? Attends donc un peu de grandir, petit miracle ! » Il est parti mais il avait dit cela, exactement. À partir de ce soir-là, j'ai porté mon corps glorieusement.

Maria se tut sans interrompre son travail, mettant parfois de côté avec précaution une cosse ouverte où s'agitait la petite larve blanche d'une bruche. Lortier bourrait sa pipe de l'index en aspirant à petits coups, regardant toujours la vallée que la lumière montante de la fin d'avril semblait aplatir, puis Maria, perdue dans des pensées lointaines que le geste mécanique de sa tâche accompagnait. Lortier demanda :

— Quel âge aviez-vous ?

— Ah ! dit Maria, quel âge ? Douze, treize ans, je pense, j'avais déjà mon certificat d'études. Je ne sais pas trop bien ce qui s'est passé là. Je lisais beaucoup, tout, tout ce qui me tombait sous la main, tous les livres de la bibliothèque communale. L'institutrice voulait que j'aille jusqu'à mon brevet parce que j'apprenais vite, mais ma mère a dit que ça n'était pas de notre condition. J'ai été bergère à Udron, une grosse ferme, j'avais plus de trente chèvres, il me semble. J'avais sans doute oublié cet homme et la fente de la toile et son doigt sur mon front, j'ai connu des garçons, j'ai eu mon plaisir avec eux mais c'était comme un jeu, et quand on s'arrêtait de jouer il n'y avait plus rien, chacun se retrouvait tout seul avec son ouvrage. Ensuite j'ai pris la suite de ma mère chez la vieille Mme de Cherves, celle qu'on appelait la marquise mais je ne crois pas qu'elle en était une, vu que moi je l'appelais Madame. Je n'étais pas femme de chambre, non, tout juste servante à tout faire, sauf que moi, le jeune M. de Cherves ne me touchait pas. Oui, je portais mon corps glorieusement, dit-elle comme si cette formule l'eût séduite par son exactitude, mais monsieur René ne me touchait pas, peut-être que je l'intimidais parce que malgré ces années j'avais gardé une nouveauté d'enfance, ma peau respirait quelque chose d'intact, oui, une fraîcheur pure, de sorte que si je tombais sur mon visage dans un miroir j'étais stupéfaite de voir combien le corps ment, sans jamais bien suivre la vie, et à l'inverse je me dis cela aussi dans l'âge qui m'atteint maintenant. Toujours est-il que monsieur René, qui était rougeaud et fort comme un Turc, a essayé une fois de m'embrasser et ce fut fini. Il avait bien assez à faire à garder sa femme.

— Je les ai tous connus, dit Lortier, le vieux

Méhus de Cherves et la marquise, et René et la belle Nadège. Connus de loin.

Maria sourit à peine, peut-être parce que Lortier ne faisait pas que regarder la vallée et écoutait. Ou peut-être était-ce seulement au souvenir de ceux qu'il avait nommés.

— La belle Nadège, reprit-elle. Je mentirais si je disais que madame René n'était pas belle, aussi noire que j'étais blonde mais coupée court avec des yeux pâles de myosotis, des yeux pas dans sa poche, bien potelée, sans cœur, l'argent lui coulant des mains, et froide à ce qu'il nous semblait puisque nous savions que René frappait souvent à la porte de sa chambre sans qu'elle ouvrît, jusqu'à ce qu'on ait surpris le manège de certains va-et-vient. Madame ne l'aimait pas, Nadège, elle la détestait, oh ! oui ! mais avec une si grande politesse, une si grande gentillesse glacée que l'autre n'aurait jamais rien pu dire, seulement sentir qu'elle était détestée. Toujours est-il qu'au milieu des sentiments enchevêtrés de tous ces gens j'apprenais à vivre d'une façon différente sans grand agrément ni dégoût, et je grandissais, comme il avait dit, et j'étais assez maîtresse de moi pour plaire quand je le voulais. Puis Louis est revenu et j'ai fait très exactement ce que je voulais là aussi.

Elle leva les yeux, s'humecta les lèvres de sa langue, jeta un rapide coup d'œil sur la vallée, puis vers Lortier et continua :

— Il ne s'est souvenu que longtemps après du

premier jour. Il avait fait son service à Rochefort sur des navires, ensuite il s'était engagé comme marin sur des voiliers de plaisance et c'était peut-être la mer qui avait adouci son regard, parce qu'il avait encore cette avidité d'épervier mais parfois tout s'effaçait comme s'il devenait une sorte d'enfant soumis et heureux d'obéir à cette grande faim qui le prenait. Dès qu'il m'a vue c'était comme si j'avais été aimantée, il est venu droit vers moi et sans un mot nous avons dansé la première danse, puis toutes les autres, sans presque parler. Je me sentais dans un état si étrange que mon étonnement d'être comme ça m'occupait presque plus que ce qui me soulevait, j'étais égarée par la proximité si soudaine de cet homme, par son odeur, ses mains qui me tenaient, sa force et sa légèreté, son visage qui touchait le mien parfois. Et quelque chose en moi contem-plait cet égarement et souriait du désir que j'avais de lui, quelque chose découvrait que je n'avais fait que l'attendre et s'enchantait de ma victoire. Dès ce moment-là j'ai su que je céderais seule-ment quand je l'aurais décidé, mais c'était un détail parce que l'endroit de moi qui me regardait voyait brusquement comme on voit une plaine du haut d'un arbre et j'ai su exactement ce qui m'at-teignait là : un grand bonheur et une grande souf-france comme doivent en donner les enfants au long des années, un être qui ne me quitterait jamais sans cesser de fuir et que je dominerais toujours au bout du compte sans jamais pouvoir l'attacher.

Maria se tut, posa sur la table le saladier devenu lourd qu'elle tenait entre ses genoux, ramassa quelques cosses vides tombées à terre et les joignit aux autres dont elle fit soigneusement un tas. Lortier la regarda à la dérobée. Elle rêvait. C'était une femme sans âge, dont l'embonpoint avait lissé les joues mais n'avait pu effacer les plis profonds attristant une bouche sans couleur ni les faisceaux de rides et les cernes presque noirs autour des yeux. L'expression ordinaire de son visage était l'attention, parfois légèrement traversée d'inquiétude. Elle avait gardé de cette jeunesse qui revenait ce matin-là un regard d'un vert aussi changeant que celui d'une feuille de saule et une énorme masse de cheveux, maintenant courts et blancs, mais si grosse et si forte qu'elle parvenait à alléger et à amincir les traits, une auréole démesurée où quelques fils d'or luisaient encore. Les mains qu'elle tenait l'une sur l'autre esquissèrent quelques petits battements puis distraitement la main gauche attira une cosse pleine que la main droite ouvrit. Machinalement ses yeux absents regardèrent ce que faisaient ses mains. Lortier se retint de l'interroger et en effet elle reprit son récit.

— Je me suis très vite aperçue que cet homme était un être faible et infidèle. Seule sa séduction avait un pouvoir si gaiement impérieux qu'il regagnait toujours ce qu'il avait perdu, perdu par ce pouvoir même, justement. Du moins le croyait-il, parce que moi je me fichais bien de ses fredaines, des cheveux que je trouvais sur sa veste, parfois des lettres oubliées dans une poche, des prénoms dits étourdiment ou des chemises mal boutonnées parce qu'un mari était peut-être arrivé trop vite. Je m'en fichais mais je surveillais. Il travaillait chez un marchand de grains, à Breloux. Il était tout en muscles, il pouvait se charger tout seul un sac de blé sur l'épaule, il prenait ou livrait dans les fermes et aux meuneries, il sortait parfois moins vite qu'il n'était entré, je savais souvent chez qui. Peut-être l'effet que ça me faisait, cette pierre, là, dans ma poitrine, peut-être était-ce de la jalousie, après tout. Mais jamais un mot. Je l'aurais su rien qu'à ses cajoleries, il ne savait pas cacher qu'il avait à se faire pardonner. Et peut-être que je n'ai jamais, jamais rien pardonné, mais ce qu'il savait faire de mon corps et ce qui me rivait à lui au-delà du corps était plus fort que tout. Il entrait par la petite porte au bout du parc avec la clé que j'avais fait copier, j'avais huilé les gonds pour qu'elle ne grince pas, il lui suffisait de faire le grand tour par l'allée des buis en passant derrière l'orangerie, on ne le voyait pas de la maison. Ma chambre était juste au bout, dans une petite dépendance qui tenait à la cuisine et que je partageais avec la vieille Jamine, la cuisinière, qui se moquait bien de ce que je faisais sourde en plus. Selon les jours c'était une rage, ou une effrayante lenteur, ou une douceur aiguë et joyeuse. Je le suivais dans tout ce dont il avait envie, dans tout ce qu'il voulait m'apprendre et parfois j'étais si emportée que j'inventais moi aussi. Il dirigeait et dominait mon plaisir, mais en même temps il en était esclave puisque le sien en dépendait aussi nécessairement qu'il faut une pente à l'eau pour couler. Et parfois notre plaisir était si aérien qu'il ne me paraissait pas venir de nos corps, j'avançais dans un pays très grand, éblouissant, vierge, j'entrais ailleurs, je ne sais pas où. Ou bien Louis m'entraînait vers des chemins très souterrains, des chemins de boue et de grossièreté qui brillaient sombrement, qui me fascinaient et j'étais terrifiée et heureuse de ces mots brutaux qui me possédaient et qui devenaient beaux eux aussi, nus et crus, comme si l'amour les avait lavés. J'étais dans une pauvre chambre avec seulement une méchante armoire pour mes effets, une petite table de nuit, une table de toilette avec une cuvette et son broc, et rien aux murs qu'un crucifix et sa branche de buis au-dessus du lit, mais c'est peut-être là que j'ai été le plus heureuse de toute ma vie. Vous allez dire que je blasphème, monsieur, mais puisque je dis tout, autant dire ça aussi : bien que ma mère m'ait élevée dans sa religion je ne pratiquais pas beaucoup sinon pour convenir à Mme de Cherves, mais dans ces moments où j'étais emportée par

Louis hors de moi, dans la lumière de l'infini ou dans les ténèbres, je ne sais, il m'est arrivé de regarder le crucifix comme si mon corps n'avait rien dit d'autre qu'une prière immense, oui, c'était ce que je ressentais à ce moment-là, tout ce que j'étais rendait grâce. Que Dieu me pardonne.

Elle avait parlé plus fort avec une soudaine animation. Elle s'arrêta un moment et reprit plus bas, de sa voix habituelle cassée par le vin et le tabac.

— Il dormait comme un enfant. Je regardais de toutes petites bulles de salive qui gonflaient et craquaient sur ses lèvres avec son souffle. Je l'écoutais respirer. Je caressais son cou, son épaule sans qu'il le sente, je lui disais que je l'aimais sans qu'il l'entende. J'étais soudée à cet homme sans m'aveugler ni sur mon orgueil ni sur sa faiblesse, je connaissais des moments où je ne formais avec lui qu'un seul être, que ce soit dans notre plaisir et grâce à lui, ou souvent de façon étrangère au plaisir, qui me suffisait, unique, qui m'appartenait à moi seule. Et je ne peux pas appeler cela autrement que l'amour, mais il n'en était pas ainsi pour lui. Il ne pouvait pas aimer comme j'aimais. Parfois j'ai cru qu'il se haussait et qu'il allait me rejoindre, mais il ne savait pas dépasser son plaisir. Et peut-être était-ce bien ce qu'il cherchait, sans en avoir conscience, dans cette envie qu'il avait de changer, d'essayer d'autres femmes. Du moins c'est ce que je me suis dit un moment, parce que je n'avais pas compris que sa plus grande jouissance était seulement de séduire. Seulement cela.

Elle se tut, repoussa du revers de sa main les cosses ouvertes sur le tas, se reposa en regardant la vallée. Lortier fumait mais ne se balançait plus en arrière dans son fauteuil, il se tenait droit avec un coude posé sur la table et tirait lentement sur sa pipe en regardant Maria. Il était stupéfait et passionné. Tout le monde connaissait Maria dans le village sans qu'elle eût trop d'importance parce qu'elle se tenait à sa place et n'était pas médisante. Elle était servante chez Mme Papot, dans la partie du village qu'on appelait la Bastière, où ils étaient presque tous protestants, et trois fois par semaine elle venait à Puypouzin quelques heures aider Mo au ménage, ou l'aider, lui, au jardin, ou surtout à la cuisine, pour laquelle elle avait de grands dons. Quand par hasard les conversations l'évoquaient, son histoire tenait en trois phrases, avec la seule réticence d'un moment de sa vie dont on ne savait rien, sinon qu'elle avait vécu à La Rochelle ou à Rochefort, on ignorait comment. Lortier aimait beaucoup Maria : bien qu'elle fût assez forte, elle était vive et décidée, elle parlait peu mais de façon franche et aisée, et sa nature n'était pas envieuse, mais portée au contraire à aider et secourir. Ces traits simplifiés avaient suffi jusque-là pour justifier la sympathie qu'il lui portait, les mots quotidiens amicalement échangés ou la façon heureuse de commenter les nouvelles du village. Mais le récit qu'elle avait décidé de faire ce matin-là était d'une autre sorte et la volonté qu'elle y apportait avait un sens qu'il ne comprenait pas encore. Il savait seulement qu'il ne devait poser aucune question. Il tira à lui quelques cosses de pois et commença de les écosser, et Maria poussa vers lui le saladier.

— La mémoire, dit-elle, est comme les vieux aqueducs, tout ce qui est trop lourd à charrier tombe au fond, le reste glisse avec la vie. Je me croyais très vigilante à ce moment-là, j'oubliais que la jalousie s'endort dans les somnolences de l'amour. Il a fallu que Louis vienne livrer de l'orge pour les chevaux juste au moment où elle était dans la cour des écuries en train de préparer sa jument. Et c'était dans sa tenue de cheval qu'elle était peut-être la plus belle, avec ces bottes et cette veste très serrée à la taille et ouverte sur les dentelles de sa chemise. Toujours est-il que j'imagine bien les yeux de Louis, et elle qui avait si grand besoin d'un homme caressant. Au début je n'ai rien vu ni su, sinon que certains soirs il arrivait beaucoup plus tard ou même il ne venait pas, parce qu'il avait livré trop loin des sacs trop lourds. Je ne sais pas ce qui m'a alertée, peut-être au milieu des nuits le sentiment très vague que quelque chose de lui m'échappait, et puis, longtemps après, je me suis heurtée un soir à un parfum qu'il retenait sur sa peau et que j'ai immédiatement reconnu comme si ce parfum avait crié le nom de la femme qui s'était collée à lui assez fort pour que son odeur m'en soit livrée infailliblement. À partir de ce soir-là j'ai surveillé madame René, j'avais été assez bête pour ne pas voir qu'elle était beaucoup plus gaie, beaucoup plus gentille avec son mari, que ses promenades étaient beaucoup plus longues, qu'elle se parfumait davantage, cette idiote, sans avoir idée qu'elle se trahissait. Puis les promenades ont repris leur durée normale et j'ai compris que les lieux avaient dû changer. J'épiais, j'espionnais. J'ai remarqué par hasard que la porte de l'orangerie était mal fermée, j'ai vu qu'elle avait été huilée elle aussi. Ce qu'on appelait l'orangerie était seulement une grande serre d'où nous avions déjà sorti les cannas, les géraniums, les deux citronniers, les lantanas, les gardénias auxquels Madame tenait tant, tout ce qui avait craint le gel. Il restait des outils et des pots dans cette serre, un meuble à petits casiers pour les semences et un mur de sacs de terreau derrière lequel j'ai trouvé leur niche sur les paillons d'hiver : un grand tas de vieux sacs de jute et les grosses couvertures du cabriolet à cheval dont personne ne se servait plus.

Peut-être notre nature est-elle moins mauvaise qu'on ne la voit, bien qu'en un seul instant j'aie été traversée par des sentiments très violents, la

haine, la colère, le dégoût, le mépris, la vengeance
et d'autres sans doute encore plus bas que tout
ça. Je n'ai pas su tout de suite que ces pensées
sauvages n'exprimaient pas autre chose que de
l'amour, qu'elles en étaient pour ainsi dire les
déchets, les excréments, qu'elles prouvaient sa
force et sa vie. J'ai monté la garde. Deux fois,
vers onze heures du soir, j'avais déjà couché
Madame, monsieur René, qui se levait tous les
matins à cinq heures, dormait, j'étais cachée dans
la tonnelle de buis, je l'ai vue sortir par la porte-
fenêtre, en robe de chambre, et d'abord aller et
venir d'un pas tranquille comme si elle avait
cherché la fraîcheur de la nuit sous la lune, et
cette promenade glissait tout doucement vers
l'orangerie, où Louis était sûrement déjà ; j'avais
trouvé leur signal, un chiffon rouge caché sous
une pierre au fond du parc et qu'elle accrochait à
une des pointes de la petite porte : quand le chiffon était à la grille, Louis se coulait le long des
buis comme pour venir chez moi, mais il tournait
vers l'orangerie et s'y cachait. Je le connaissais
assez pour être sûre que ce moment de l'attente
était sans doute celui de son plus grand plaisir, où
il pouvait tout imaginer, et peut-être même qu'il
était flatté d'avoir la maîtresse après la servante.
Et elle, je le savais rien qu'à l'avoir vue, elle était
faite pour tout recevoir sans savoir donner. Et
j'aurais pu les voir, mais je ne voulais pas savoir

quelle sorte d'amante elle était, oh ! non ! ça, jamais !

J'aurais pu ruiner cette maison. Mais ça n'était pas cet orgueil-là qui me menait. Si j'avais distillé comme il fallait quelques petits soupçons, Madame aurait été trop contente, elle aurait monté ses machinations comme elle savait le faire, et ce pauvre monsieur René se serait trouvé obligé de décider, de crier, de punir, tout ce qu'il détestait le plus au monde. Je n'aimais pas tous ces détours. Ça ne regardait qu'elle et moi, encore qu'elle ne sût pas que ce qu'elle prenait était à moi, mais elle le prenait. Je voulais l'humilier. Le soir où j'ai vu le chiffon rouge accroché, après mon service je me suis mise en sentinelle dans les buis, j'ai vu Louis se faufiler dans l'orangerie, la maison s'éteindre, je l'ai vue sortir rapidement sans même donner le change d'une promenade et elle n'était pas encore à la porte vitrée qu'elle avait déjà enlevé sa robe de chambre. La lune était pleine, l'orangerie était éclairée d'une clarté très blanche que les murs de verre rendaient mate et je la voyais s'avancer dévêtue comme une sorte de fantôme puis elle a disparu derrière les sacs. Peut-être que j'ai envié la bravoure de son désir ou l'ignorance où elle était de moi. J'ai eu la bonté d'attendre un moment, puis je me suis mise entièrement nue, j'ai défait ma tresse et libéré mes cheveux qui m'entouraient comme une étoffe presque grise sous cette lune.

29

J'ai traversé l'orangerie. Je les ai trouvés couchés, j'ai posé le pied sur elle. Elle a poussé un petit cri. Elle était là étendue devant moi, la belle Nadège de Cherves, nue elle aussi mais encore plus épouvantée par ma nudité que par la sienne. Et Louis était cloué par la peur comme si j'avais été une apparition. Elle s'est assise, les bras croisés sur ses seins, elle levait vers moi des yeux terrifiés, elle ne comprenait ni pourquoi j'étais là ni pourquoi j'étais nue. Alors j'ai dit : « C'est ici ma place. Sortez. » Je l'ai dit d'une voix très tranquille, sans aucune colère, en regardant Louis et immédiatement elle a disparu. Je me suis couchée près de cet homme un peu lâche et j'ai été cette nuit-là, au vrai sens du mot, sa maîtresse. Je parle trop, monsieur, je parle trop.

— Vous me faites une grande confiance, Maria.

— Est-ce que vous me permettriez de fumer ? J'ai besoin d'une cigarette.

Lortier tendit sa blague mais elle refusa et sortit d'une poche, sous sa jupe, un paquet de tabac gris et un carnet de papier dont elle décolla une feuille d'un coup d'ongle. Pendant qu'elle roulait sa cigarette, Lortier se leva, marcha vers la cuisine et revint avec la bouteille de vin et deux verres, qu'il remplit, puis tendit son briquet à Maria. Ils trinquèrent.

— Mme Papot ne sait pas que je fume, dit Maria.

— Et après, dit Lortier, qu'est-ce qui s'est passé ?

Elle but deux grandes gorgées goulues, essuya ses lèvres et eut un petit haussement d'épaules fataliste.

— Ça n'a guère d'importance, vous savez. Je suis restée chez Madame une semaine, quand je croisais cette femme mes yeux ne la voyaient pas, nous ne nous sommes pas dit une parole. J'ai épousé Louis. Nous sommes partis à La Pallice, où il avait trouvé une place au port de déchargement des bois coloniaux. Nous avions loué une petite maison à Aigrefeuille et je travaillais chez deux vieilles demoiselles, l'une qui avait été professeur de piano, l'autre qui jouait du violon. En crochetant ses énormes billes d'okoumé ou de niangon Louis s'est mis à boire, au chantier d'abord, et puis même à la maison. Et petit à petit j'ai bu aussi. En quelques années il avait perdu son charme si séducteur, il était devenu un homme fort et brutal, qui vivait dans le regret. Le seul pouvoir qui lui restait était cette force et il l'exerçait sur moi faute de mieux. Peu à peu, à force de détester les femmes, il est devenu presque sauvage, c'était comme s'il se vengeait, d'elles, de moi, de lui-même, je ne sais pas. J'avais tout juste le droit de cirer ou de laver ce qui lui appartenait, autant dire tout puisque je n'avais rien. Il ne supportait plus que je l'embrasse. Il ne supportait pas qu'à l'épicerie on m'appelle madame

Louis, il criait que j'étais une traînée, qu'il m'avait ramassée dans le ruisseau. Il était comme un lent bourreau, il avait besoin de me rabaisser, de m'affamer. Il mangeait seul, je restais debout devant lui. Nous étions devenus pauvres. Quand ces demoiselles faisaient quelque chose de fin à la cuisine elles m'en donnaient souvent une part, je la lui apportais, ou quand il y avait des asperges, dont ces demoiselles ne mangeaient que les pointes, je lui faisais le reste en béchamel. Je le soignais comme un enfant malgré ses brutalités et ses injures parce qu'il n'était pas heureux. Une fois pourtant je l'ai surpris à raconter qu'un jour, il faisait du vent et du soleil, mon chapeau s'était envolé et dans le geste que j'avais fait pour le retenir mon chignon s'était défait et mes cheveux avaient ruisselé sur tout mon dos comme une fourrure de renard. C'était juste un petit moment que j'avais oublié mais lui, en se le rappelant, d'un seul coup son air dur et violent s'était effacé et il avait souri comme autrefois.

Moi, mon bonheur, c'était la musique que jouaient ces demoiselles, je restais à les écouter après mes heures sans que Louis le sache, parce qu'il m'aurait battue à cause de l'ouvrage qui ne se faisait pas à la maison. Cette musique me faisait pleurer et me consolait en même temps. Je me disais que j'étais devenue la bonne d'un homme médiocre mais quand je pensais à la façon dont j'avais aimé je croyais que jamais rien ni personne ne m'enlèverait ce trésor.

— Vous venez de me le donner, dit Lortier.

Il voulut de nouveau remplir son verre mais elle refusa d'un geste et sortit son tabac.

— Depuis que je viens ici, j'ai reconnu la façon dont vous vivez, votre femme et vous, dit-elle en roulant sa cigarette. Parfois vous voir tous deux ensemble me fait comme autrefois la musique. Devant vous la fierté me reste d'avoir été si loin dans le cœur d'un homme, ou peut-être seulement dans le mien. On me fait mal quand on y touche, on me détruit. Mme Papot est finalement assez bonne, mais elle imagine sans doute que l'existence que j'ai menée avant d'être chez elle est noire et coupable et ça lui agace les dents. Et c'est vrai, en un sens. Louis est mort parce qu'il avait dû boire et qu'il n'a pas vu venir une grosse bille d'acajou que le grutier faisait tourner. Une fois mort, j'ai pu quand même l'embrasser tout mon saoul. Ces demoiselles m'ont gardée mais à la fin je supportais mal leur pitié. Je suis longtemps tombée dans ce qu'il faut bien appeler la débine. Et je suis retournée à la fin dans ce village comme vieille servante. Maintenant vous savez que la façon dont j'ai aimé Louis est ce qui est resté de plus pur dans ma vie. On n'en parlera plus jamais, si vous voulez bien.

— Plus jamais, dit Lortier.

II

ADRIEN

Pendant qu'il détachait les chèvres Adrien se pencha vers le petit chevreau qu'il embrassa sans être vu sur le museau et dans le creux si doux du crâne, en lui recommandant tout bas d'être sage. Puis il prit son bâton et courut se placer devant la grille de la route, par où le troupeau sortirait. Sirène, la chienne, attendait déjà. Les vaches que Fernand avait détachées traversaient la cour d'un pas paisible ou en s'ébrouant, selon leur caractère, et s'arrêtaient par habitude devant le vieux sarcophage de pierre qu'on appelait le timbre, flairant l'eau, certaines y trempant un moment le museau, mais plus pressées de partir que de boire. Adrien les connaissait toutes les six par leur nom, seules les chèvres étaient autrement désignées, la mère, la gourmande, les trois jeunes, la têtue. Il regarda joyeusement la cour d'où il s'évadait. Fernand cria qu'il devrait les faire boire au ruisseau en revenant, ce serait autant de gagné pour le puits et Adrien, sac au dos, culotte courte, les chaussettes tombant sur ses grosses galoches, un vieux chandail trop grand lui couvrant presque les mains, chanta un long oui de plaisir avant d'ouvrir la grille et de surveiller la route.

Derrière son troupeau presque trop pressé, il prit le tournant qui le sépara de cette partie du village qu'on appelait la Guérinière, suivit un moment la route puis s'engagea dans le chemin battu par le piétinement des bêtes et qui descendait vers les prés de la vallée. Les vaches étaient toutes des parthenaises à robe fauve, sans une tache, c'était la condition pour que la coopérative d'Échiré prît le lait qu'elle ramassait chaque matin avec un vieux camion à gazogène. Sans trop se soucier de leur gardien, dont elles semblaient mesurer le jeune âge, elles s'arrêtaient lorsque le chemin s'encaissait pour dévorer goulûment quelques touffes d'herbe verte tranchant sur le gris du talus. Jugeant la faute peu grave, Sirène n'intervenait que si Adrien le lui demandait, et sans grande insistance ; il n'aimait ni crier ni battre, bien qu'il eût peur de ne pas pouvoir se faire obéir et que parfois la charge du troupeau lui nouât la gorge. Il menaçait alors de son bâton, ou en piquait du bout un flanc ou une patte. S'il fallait pourtant frapper, il prenait soin d'éviter le dos, où les os sonnaient sous la peau, et cognait sur le gras de la cuisse. Et peut-être était-il avare de ses coups parce que, par un marché passé avec lui-même, il s'obligeait à se les rendre en se bâtonnant les fesses ou les cuisses et parfois les épaules, lorsque la contorsion que ce châtiment demandait ne risquait pas d'être vue.

À mi-pente, sous la voûte des frênes cachant la vallée, il entendit derrière lui un autre troupeau, ralentit son pas et reconnut en tête la vache aux cornes fermées d'Albert Mainson. Par-dessus les bêtes qu'il précédait tout juste il appela Albert, qui lui aussi l'avait vu.

— Où vas-tu ? cria Albert, dans la Noue ?

— Non, il faut que j'aille en haut, à Champarnaud. Est-ce qu'Alice vient ?

— Tu ne seras pas avec nous, alors ? Tu ne descendras pas nous voir ?

— Non, c'est trop loin

— Alice doit être devant nous, sa cour était grande ouverte. Alors tu viendras pas ? Qu'est-ce que t'as appris pour demain ?

— Les prépositions et Du Guesclin.

— Ouh ! la ! la !

Adrien salua en levant son bâton et courut devancer son troupeau, qui atteignait juste l'entrée du sentier menant à la Noue et qu'il détourna vers Champarnaud. Il ne verrait pas Alice aujourd'hui. Il entendit Albert obliquer, puis retrouva le seul bruit de ses bêtes, celui de son pas, le halètement de la chienne et d'un seul coup, après le regret, entra dans le bonheur d'être seul. Les vaches avaient compris où il les menait et se hâtaient maintenant. Elles traversèrent le ruisseau à Pont-Bertrand, dédaignèrent le lavoir où elles s'abreuvaient d'ordinaire et prirent bientôt un étroit sentier dont le tunnel, sous les branches encore à peine feuillues des ormes, gravissait tout droit l'autre versant de la vallée et le faisait paraître plus pentu. Au bout d'un moment, suivies des dos pressés des chèvres, elles entrèrent dans le champ où les deux plus jeunes se mirent à sauter et à courir, pendant qu'Adrien refermait derrière lui la barrière.

Adrien était petit malgré ses douze ans, avec des cheveux bouclés très noirs, presque bleus, et des yeux pâles si lumineux qu'il suffisait de les croiser pour se souvenir d'un temps d'innocence. Tout était encore en lui mêlé, avec des ombres qu'il ne connaissait pas lui-même. Il était vif et rêveur, émotif et sauvage, sans détour mais secret, affamé de tendresse et parfois, au fond de lui-même, emporté solitairement par une violence sans mesure qu'il tenait cachée. Rêve et douceur se lisaient seuls sur l'ovale d'un visage grave comme en ont les anges musiciens des peintures anciennes. Tout le reste dormait sous cet air sage.

Il avait chaud après la montée. Il gagna tranquillement sa place sous le vieux frêne, où une grosse pierre était encore entourée des murs de mousse roussis avec lesquels il avait dessiné la dernière fois une maison et sa porte, semblables aux plans cavaliers de ses livres, ou aux restes d'une ruine très ancienne qu'une fouille aurait mise au jour. Il entra par la porte, gronda la chienne qui renversait un pan de mousse, se défit de son sac où il choisit parmi ses livres de classe ceux de la bibliothèque : la couverture rouge de *Vingt mille lieues sous les mers* et la couverture verte de *Croc-Blanc*, qu'il posa sur la pierre. Il avait le temps de lire, ce grand après-midi solitaire était son domaine propre, où les moments d'ennui eux-mêmes lui appartiendraient.

Il regarda d'abord Champarnaud, dont la pente très douce arrondissait le haut des chaumes abrupts. En haut, vers le nord, une grande haie masquait la plaine de l'Outremont et s'élargissait, sur le côté opposé à la barrière, en un petit bois très touffu d'où pointaient des frênes malingres et tordus par les années sèches. Au sud une courte haie d'épines et de ronces, dépassant à peine d'un mur de pierres sèches, laissait la vue s'échapper très loin, de l'autre côté de la vallée, vers des prés obliques et des bosquets, puis au-delà d'eux vers une plaine sans fin morcelée de couleurs où dominaient le vert des blés d'automne et le jaune éclatant des colzas. Ce damier se piquetait des lances de cyprès sombres marquant à certains coins de champ les cimetières des familles protestantes. À l'infini, la plaine n'était plus qu'une ligne bleue mais Adrien savait qu'après cette ligne s'étendaient encore d'autres plaines, naissaient des villages et des villes, qu'il y avait derrière elle toute la carte, le monde entier où il irait peut-être un jour, et la promesse de cette immensité le faisait sourire de bonheur.

L'esprit plein de songes imprécis, il se perdit longtemps dans la contemplation de paysages inconnus. Il essaya d'imaginer des villes. Il se construisit des maisons qui se touchaient, sans cour ni étable, serrées le long d'une route, et d'où sortaient beaucoup de gens au milieu desquels il courait sans même les saluer. Les maisons changeaient quand il le voulait, les gens grandissaient ou rapetissaient, ou brusquement se statufiaient. Et derrière ces villes Adrien faisait naître des forêts peuplées d'animaux préhistoriques, des montagnes aux sommets festonnés de neige ou crachant du feu, des chutes gigantesques semblables aux cataractes qui coulaient indéfiniment sur l'image des « Merveilles du monde » collée sur la couverture de son cahier de classe, tous ces lieux, et d'autres entrevus le temps d'un éclair, parcourus en songe ou définitivement fixés par les illustrations de ses livres et traversés par l'errance des chasseurs, des brigands, des sauvages, des héros. À la fin il entra dans de grandes vagues tumultueuses comme celles qui soulevaient la *Tankadère* dans *Le tour du monde en quatre-vingts jours*, puis dans une étendue bleue et plate où s'enfonçait le *Nautilus*, et qui toutes deux étaient la mer.

Le pouvoir de cette invention le transporta, jusqu'à ce que le chant lointain d'un coucou le ramenât vers l'Outremont sur cette grande plaine de prés ou de champs derrière lui, puis au lieu même où il était, si présent soudain qu'il le découvrit. L'invisible coucou trompeur se rapprochait maintenant en prolongeant son cri d'une troisième syllabe, signifiant qu'il cherchait à s'apparier. Dans le bois les sifflements turbulents des merles éclataient joyeusement chaque fois que leurs boules noires fusaient des taillis en jets entrecroisés jusqu'aux houppiers des frênes, où leurs jeux brouillons chassaient une grive dont la mélodie se mêlait, deux arbres plus loin, à la flûte des fauvettes. Adrien écoutait les arabesques brouillées des chants, leur musique ininterrompue faite de partitions sans cesse changeantes jouées pour elles seules et offertes, ignorantes de qui les entendait. Et le bois crépitait d'une activité intense dont ces chants n'étaient que l'écho. Il écoutait. La fuite d'une huppe dévida son propre nom faiblissant, alors que le coucou se rapprochait, et presque en même temps Adrien surprit les fleurs nées et baptisées sœurs du cri de l'oiseau, dont les calices jaunes se serraient au coin du mur et du bois. Il courut vers elles, buta sur un grand arc de violettes très odorantes. Il s'arrêta net devant l'entrée très basse du passage vers sa cache, sous le fourré ; dans une ombre bleue, un site d'endymions penchés, qu'il appelait des clochettes, se prolongeait loin dans le bois. Ces découvertes, mêlées au pépiement incessant des oiseaux, à l'immobilité fertile de l'immense plaine qui atteignait là-bas l'horizon, emplirent brusquement Adrien d'une joie sans mesure. Il se sentit soudain ému et frémissant, comme enchanté par les charmes mêlés de la réalité fourmillante qu'il entendait et voyait et des formes imaginées et changeantes sur lesquelles il régnait. Les vaches paissaient paisiblement, les chèvres s'étaient assagies, tout s'accordait dans une fête secrète à laquelle il avait part. Pris d'une exaltation inconnue il courut en tous sens, se roula dans l'herbe, la mordit de plaisir, se sentit conduit il ne savait où et rayonnant de ce qui lui semblait à la fois la source et la soif, pendant que Sirène, inquiète de ces emportements ou saisie par eux, elle aussi tournait autour de lui en aboyant. Sa poitrine n'était pas assez vaste pour la respiration que commandaient de si grandes découvertes, il aurait voulu les contenir, les avaler, les boire, il aurait voulu hurler de joie. Il se releva en riant pour se précipiter sur Sirène et la prendre à pleins bras pour l'embrasser.

Il était blotti dans la fourrure chaude de la chienne, ne pensant plus à rien, écoutant lentement faiblir en lui une sorte d'extase qui peu à peu se rasérénait et ramenait toutes choses dansantes et envoûtantes au rang modeste qu'elles avaient avant que son ravissement les eût magnifiées. Ce retour n'était pas amer, il durait long-temps, il entourait tout d'une grande douceur, sous l'œil indulgent et bon des vaches.

Il se coucha par terre, chassa la chienne qui continuait de lui lécher le visage. Le tumulte dont il venait d'être le lieu et qui s'était apaisé peu à peu le quitta. Le coup de faux d'un vol d'hiron-delle fendit le ciel transparent, d'un bleu presque blanc. Dans la grande plaine appelée Beauce, lui avait dit Zacharie, les puits étaient si profonds que lorsqu'ils acceptaient de les curer les puisatiers voyaient au-dessus d'eux le ciel grand comme une pièce de dix sous, mais en plein jour ils pouvaient y compter des étoiles. De ses deux poings fermés Adrien fit une lorgnette dont l'extrémité était aussi étroite qu'un puits, aucune étoile n'apparut. Le nom de Zacharie éveilla l'odeur des copeaux, l'image de son atelier à la Bastière conduisit à la ferme voisine de Simon Varadier, dit Malidure, puisque chacun dans ce village était désigné par ce qu'ils appelaient un conom. Là habitait Alice, « ta bonne amie, ton amoureuse », avait dit Moris-son dans la cour des garçons, et Adrien n'avait pas su s'il devait en être fier ou en rougir jusqu'à se battre.

Il lui était très difficile d'établir des préfé-rences entre ceux qu'il aimait, parce qu'il ne les aimait pas de la même façon. À coup sûr la pre-mière était Maria, qui le couvrait de baisers, qui lui préparait en secret des cornets de prunes ou de figues séchées ; lorsqu'elle le prenait dans ses bras elle faisait ruisseler en lui une chaleur très ancienne qu'il lui semblait reconnaître comme le souvenir indéchiffrable d'un autre temps. Tout ce qui était obscur et doux avec Maria était radieux et mystérieux avec Alice. Alice avait onze ans, un an de moins que lui, après l'école elle gardait souvent la tête baissée à côté de lui comme s'il n'était pas là puis brusquement levait son petit visage pointu que les yeux mangeaient et s'enfonçait dans son regard comme elle eût planté un couteau. Dans la Noue ils se retrouvaient avec Albert Mainson, Rosa Mousset, parfois Edmond, le plus grand, qui s'était déjà présenté au certificat, mais ils jouaient souvent seuls, Alice et lui, à se raconter des histoires. Il lui taillait dans des fruits rouges d'églantier de petits paniers-pendentifs dont il coupait l'anse pour qu'elle y glisse ses lobes d'oreilles. Quand les autres ne les voyaient pas il osait parfois l'embrasser, elle ne disait rien, son regard s'agrandissait, Adrien très près de ce blanc visage angélique n'en voyait plus que les yeux démesurés, d'un violet de colchique. Alice était douce, et peut-être plus encore le souvenir d'Alice mêlé à une sorte de promesse neuve qui confondait ce souvenir avec une attente. La façon dont il aimait Clémence, qu'il appelait Maman, ne ressemblait à rien de tout cela. Clémence était sa bonne gardienne, veillait ses maladies d'enfant, surveillait ses vêtements et sa nourriture, bien que

44

de plus en plus souvent, à force de faire le travail que Fernand abandonnait parce qu'il avait bu, son extrême fatigue relâchât complètement l'attention qu'elle lui portait. À ces moments-là il était seul, accompagné de loin par une ombre trop lasse, qui renonçait à sa tutélaire protection maternelle. Il savait que Clémence était profondément bonne, mais que rien ne l'avait préparée à la tendresse. Elle l'embrassait le soir sur le front et, peut-être parce que ce baiser était le seul, il l'attendait et luttait contre le sommeil jusqu'à ce qu'il l'eût reçu.

Fernand et le Maître se tenaient sur un autre versant. Loin du vin, à jeun, Fernand savait beaucoup de choses, qu'il racontait de façon vive et même gaie. C'était un très bon cultivateur, qui aimait instruire Adrien de son métier, qui attachait aussi une importance essentielle à l'école et aux notes, qui surveillait les cahiers. Adrien l'appelait « mon père ». Ce lien heureux se rompait dès que Fernand avait sombré dans le vin, qui le menait indifféremment dans une grande confusion de gestes ou de langage, dans la violence, dans un brouillard de somnolence et d'oubli, parfois dans l'amertume du rire. S'il arrivait qu'il s'en prît à ces moments-là à l'enfant, Clémence intervenait toujours, sauf une fois, et comme elle était grande et forte et décidée, Fernand cédait avant de se réfugier dans la cave. Quant au Maître, parce que Adrien était bon élève, il lui portait une attention particulière en prenant grand soin que ses camarades n'y voient aucune faveur. C'était entre Adrien et lui un lien spirituel, qui tenait du sentiment et de la morale, une prédilection muette, mais si riche d'échanges que l'école était toujours un domaine heureux.

Il y avait très loin de grands bruits parfois réguliers, comme des coups de feu, c'était sans doute Jeandet qui enfonçait des piquets de châtaigniers à la masse pour tenir le ventre du mur du ruisseau dans le grand tournant. Parfois l'écho en brouillait l'origine. Adrien faisait le tour du monde en rêvant. Il se dit que d'un côté il avait mis la tendresse et la protection qui lui servaient de toit, et de l'autre quelque chose comme une loi. Il avait oublié Sirène, et son ami le petit chevreau si doux qu'il ne se lassait pas de cajoler. Tout à fait à part, il plaça M. et Mme Lortier, chez qui il portait souvent le lait. Lortier lui avait donné le seul trésor qu'il possédât, son couteau avec la croix suisse et la chaîne pour l'accrocher à un bouton, en échange d'un très gros silex en forme d'amande. Auparavant il cassait les silex qu'il trouvait pour en respirer sous le choc l'odeur d'orage, Lortier lui avait appris ce qu'étaient certains, comment les reconnaître, et chaque fois qu'il en apportait il avait une pièce, même s'il les retrouvait ensuite jetés sur un petit tas pierreux, près du mur d'entrée. Souvent Mme Lortier demandait à Maria de faire pour lui une mousse au chocolat, elle avait pris ses mesures pour lui tricoter un chandail, une fois pour son anniversaire elle lui avait acheté une belle chemise. Il y avait aux murs des images dessinant en noir de grands paysages et d'autres peintes, celle qu'il préférait représentait des fruits et du gibier. Puypouzin n'était pas tout à fait un lieu paysan, mais il y était accueilli comme si après une absence il arrivait aussi chez lui.

L'écho détourna deux coups secs, espacés, de Jeandet vers la plaine, puis ramena une frappe régulière vers le ruisseau. Les bêtes n'étaient pas rassasiées, elles étaient sages, même les chèvres qui pelaient méthodiquement les basses branches des petits ormes. Adrien se leva, prit dans sa musette son pain et une belle pomme toute ridée, dit à Sirène qu'il lui confiait le troupeau et se faufila à genoux dans l'entrée presque invisible de l'étroit tunnel qui perçait le fourré. Plus tard il devrait faire deux bouquets, un de clochettes qu'il cueillerait sans les arracher pour Maria, un de violettes qu'il lierait avec une tige d'herbe pour Clémence ; il ne verrait pas Alice, si elle avait été là ils auraient pu mettre les cavaliers jaunes des fleurs de coucou très serrés sur un long fil qu'il aurait suffi ensuite de nouer pour en faire une pelote avec laquelle ils auraient joué à la balle. Pour le moment il avait à visiter la cache.

Elle était intacte. Mordant dans sa pomme, il inspecta cette nacelle en forme de gros œuf dans laquelle il n'était bien qu'accroupi ou assis sur une épaisse couche de feuilles mortes encore un peu humides. Taillant avec son couteau ou entre-croisant les branches de coudrier, de jeune troène et de daphné sauvage, il avait évidé dans l'épaisseur du sous-bois ce lieu baptisé selon les heures refuge de naufragé, pont de navire corsaire, grotte de contrebandier. Le plus souvent, c'était le campement assiégé de Robinson Crusoé, dont il vérifia tous les emplacements de mousquets, et leurs munitions qui consistaient en une collection de noix de gale cueillies aux chênes et rangées sur une pierre plate. Les réserves de provision sous une feuille d'arum étaient entières : vieilles noisettes, prunelles, champignons blancs, auxquels il ajouta un petit cube coupé dans sa pomme. Il pouvait aussi résister dans un fortin à la contre-attaque allemande, prendre non plus le mousquet mais la mitraillette et faucher sauvagement tous ceux qui montaient, les toucher en pleine poitrine et les faire basculer, lâchant leurs armes et leurs grenades, ouvrant grands les bras et s'effondrant. C'était un carnage. Puis il glissa insensiblement de la condition de solitaire à celle de justicier, et devint Robin des Bois dans la forêt de Sherwood.

Au moment où partait de son arc une flèche vengeresse un bruit de course qui se rapprochait, au-dessus du bois, fit instantanément cesser le jeu. Il entendit les pas de plus en plus distincts, le halètement du coureur qui longeait sans doute la haie du haut, s'arrêtait, entrait dans le bois en force dans un grand bruit de branches. Glacé de peur, Adrien vit une silhouette confuse qui se mettait à genoux, grattait les feuilles mortes bruissantes, puis semblait en faire un monceau, puis se relevait pour foncer hors du bois et recommencer à courir. La curiosité d'Adrien était plus forte que sa peur. On ne courait pas, dans le village, sans motif d'urgence, et sans presque y réfléchir il voulut savoir qui courait. Il se précipita hors de sa cache, repoussa Sirène qui l'accueillait en gambadant, sauta sur le coin du mur, franchit de ses deux pieds joints la courte haie qui l'épaulait et se lança sur le petit routin que les blaireaux avaient tracé en haut du chaume. Si le coureur allait au village il n'avait pas le choix : il passerait au pied du grand mur flanquant la terrasse de Puypouzin, franchirait le pont-d'en-bas et prendrait le chemin empierré qui montait du pont en oblique pour rejoindre la route entre les dernières maisons. Adrien sauta deux murailles que blaireaux ou renards avaient écrêtées, traversa la langue de taillis qui descendait là-bas jusqu'aux prairies, courut longtemps, ralentit lorsque apparurent le grand mur et la roche de Puypouzin et s'agenouilla derrière la dernière muraille des chaumes. Son cœur cognait. Il ne savait pas si le coureur était déjà passé ou s'il allait surgir des bois qui descendaient presque jusqu'à la porte de la terrasse, à cinquante mètres de lui. Mais l'autre avait été plus rapide, il le vit de dos qui montait le chemin empierré, sans chapeau, vêtu d'une veste de chasse marron qui gonflait sur les reins, marchant d'un grand pas entrecoupé de petites courses sur la pente très raide. Il lui sembla qu'il reconnaissait cette silhouette mais c'était juste un sentiment fugitif, trop confus pour être une certitude et qui s'évanouit à mesure que là-bas l'homme rapetissait. Adrien se déplaça légèrement et vit en alignement l'homme, l'endroit où le chemin rejoignait la route, et la voiture du poissonnier qui roulait encore et s'arrêtait à ce carrefour pour y servir les clientes des dernières maisons. Brusquement la silhouette se jeta hors du chemin, obliqua, Adrien la chercha à la lisière de la garenne, confondue avec la couleur des taillis et seulement visible par sa mobilité. L'homme longea le bois, sauta dans l'encaissement d'un petit sentier qui descendait des jardins derrière les maisons et disparut.

Adrien regarda autour de lui : personne n'avait sans doute vu ce qu'il avait surpris là, et lui-même ne savait pas pourquoi l'homme courait. Puis il se souvint du troupeau qu'il avait abandonné et la gravité de sa faute le glaça. Aussi vite qu'il le pouvait il revint vers Champarnaud. La petite haie doublant le mur, infranchissable de ce côté-là, l'obligea à passer par la barrière où Sirène l'attendait déjà. Tout était calme. Il compta les chèvres, reprit haleine, remercia Sirène d'une caresse et retrouva la maison de mousse et sa pierre avec le sac et les livres. Il n'avait plus envie de jouer, il lui semblait qu'il venait de côtoyer un mystère étranger à son propre monde. D'ailleurs ce n'était peut-être pas un mystère, il y avait beaucoup de raisons qui pouvaient obliger les grands à courir. Mais pas à se précipiter dans un bois pour y remuer des feuilles. Il avait peur d'aller voir cet endroit-là maintenant, pourtant il le fallait. Il gagna la cache où l'attendait le reste de sa pomme, enleva son chandail, qu'il risquait d'accrocher partout, et se lança en rampant à travers le taillis, à la fois inquiet et fier, conscient que c'était une expédition vraie. Crispé sur son bâton qu'il traînait à côté de lui sur le sol comme une arme, il en frappait parfois les feuilles et le lierre devant lui pour faire fuir les serpents, qu'il détestait. Il parvint enfin au creux de la dénivellation marquant la fin du bois, dans un encaissement sombre au-dessus duquel le bord du champ de plaine était lumineux et libre. Il vit le long tas de feuilles mortes, s'agenouilla, les écarta de son bâton, puis de ses mains. Brusquement dans un tumulte sa légèreté d'enfance disparut, happée par le dur monde des hommes où les plaines finissaient, sans oiseaux ni caches, au moment même où il retirait vivement sa main surprise et presque blessée par l'acier froid, sa main glacée par cette découverte sacrilège et qu'il obligeait à toucher encore l'irrémédiable réalité d'un canon d'acier luisant, à le reconnaître, à le recouvrir, à refaire soigneusement le tas comme il l'avait trouvé.

III

LORTIER

Son petit baquet de bois à la main, Hubert Lortier sortit vers le soir au bout de la terrasse par la petite porte qui donnait sur la vallée, coupa le sentier plongeant vers le pont-d'en-bas, fit quelques pas sur le routin et se retourna, comme il le faisait toujours, pour voir la maison. Elle était lourde, puissante et très ancienne, couverte d'un grand toit de tuiles romaines sauf la tour où sur le mercure immobile des ardoises la lumière se balançait à chaque passage de nuage. Construite sur la partie rocheuse où finissaient les chaumes, elle surveillait le paysage et s'en gardait, menaçant encore le pont-d'en-bas de quelques meurtrières, pendant qu'un mur épais défendait derrière elle l'accès par le plateau. Dans son enfance, quand pendant les vacances il gardait les vaches comme le petit Adrien, il ne passait jamais au pied de la maison forte, qui lui paraissait une falaise aussi primitive que la roche, sans imaginer de vieux combats, des sièges, des sorties, un

passé séculaire et endormi dont elle persistait à
être le témoin, comme si la ferme qu'elle était
devenue avait encore une lointaine ressemblance,
malgré des siècles de dégradations et de change-
ments, avec la ferme fortifiée qu'elle avait dû être
à l'origine. Au-dessus de la poterne, dans le mur
du nord, il avait le souvenir d'un petit logement
au toit presque effondré, une pièce longue et très
basse qui avait dû abriter des guetteurs paysans,
et dans laquelle le vieux Baudou, dit Roquet, dit
Griffe-écus, élevait des lapins. Lortier se rappelait cet homme dur, voûté, méfiant, qui donnait à
sa femme en guise de couteaux de vieux rasoirs
emmanchés. De peur qu'on ne change pour du
sapin les planches de chêne qu'il avait mises de
côté il s'était fait faire son cercueil, fermé d'un
cadenas, dans lequel il mettait ses pommes de
terre. Sa fille les lui demandait chaque soir pour
la soupe. Il la surveillait comme du lait sur le feu,
ce qui n'avait pas empêché qu'à la messe, après
des regards et des billets échangés dans les livres
de cantiques, le fils Monéteau, armé du dicton
selon lequel un galant est plus rusé qu'un voleur,
avait forcé la place avec la complicité de la mère,
qui voyait enfin quelque bonheur entrer dans la
maison. Mais le vieux avait surpris dans la cheminée en revenant du marché trois coquilles
d'œuf au lieu de deux ; il avait renforcé sa garde,
barré les portes, fermé les serrures, si bien que
Marie, la fille, claustrée, nourrie de pain et de

fruits, n'avait eu d'autre ressource que de s'enfuir et de se réfugier avec le garçon chez les quatre nonnes à moitié sécularisées qui veillaient sur l'église et son curé. Elles avaient refusé de les accueillir, les deux enfants s'étaient abrités dans les fusains entourant le socle d'une statue de la Vierge, à la sortie du village, où ils avaient passé la nuit. Au matin, lorsqu'ils avaient enfin osé revenir à Puypouzin et demandé qu'on les mariât, le vieux les avait menacés de son bâton et chassés malgré les supplications de la mère. Les nonnes avaient fini par prendre Marie comme servante, François avait passé son brevet et commencé des études de clerc de notaire, quand la guerre de Quatorze l'avait pris. Il en était revenu capitaine et manchot, et avant d'épouser Marie était allé en demander la permission. Le vieux n'avait eu aucun regard pour les galons, il n'avait vu que le bras qui manquait, et qu'il en faut deux pour pousser la charrue ou faire son jardin. Clerc de notaire ou paysan, pour lui, c'était tout comme. Plus tard, quand il avait appris que François avait acheté son étude, il avait seulement dit, comme pris d'une sorte de regret : « Quand on connaît bien la loi, au moins on sait comment la tourner, pour se pelotonner doucement des mille et des cents. »

Lortier avait acheté la maison une vingtaine d'années auparavant à une femme élégante et triste, qui était Marie. Fort de ce qu'il disait qu'on ne monte pas un cheval sur un âne, le maçon avait refusé de relever les salles basses sur les poutres de la poterne rongées par le suint des lapins, c'était maintenant un auvent de tuiles abritant un grand portail de bois dans lequel était ménagée la petite porte des gens à pied. L'ancienne cour en terrasse qu'on avait gagnée autrefois sur la vallée en la flanquant d'un mur de soutènement était de pierre dure et sonore, puis herbue depuis la tonnelle dominée par un vieux charme dont les fleurs naissantes attendaient les bouvreuils, et séparée du jardin potager par un jardin de fleurs à couper. D'où il était, Lortier voyait la lucarne éclairant de côté sa bibliothèque, dans la tour, et les grandes fenêtres qu'on avait réussi à ouvrir dans des murs énormes sur la vallée. Il savait peu de chose de l'histoire de Puypouzin avant la génération du vieux Baudou, sinon que la maison avait, disait-on, été saccagée par les troupes huguenotes d'Agrippa d'Aubigné se repliant sur La Rochelle, avant d'être cent ans plus tard dévastée par les dragons de Marcillac qui faisaient leur apprentissage de bourreaux sans trop s'occuper de savoir de quel côté, calviniste ou catholique, était le baptême. Les protestants avaient tenu bon, dans le village on les appelait parfois en patois des « sègre dare » parce que plus de trois siècles auparavant c'était ce qu'ils répondaient aux enfants réveillés la nuit pour gagner un « désert » et qui demandaient où on allait : « T'as qu'à suivre derrière. » Et certaines familles gardaient encore les méreaux de plomb servant de sauf-conduit aux assemblées. Tout ce sang avait séché, les murs étaient là, plus forts que l'Histoire. Il semblait à Lortier que les maisons façonnaient peu à peu les hommes, et il était un vieil homme en accord profond avec sa vieille maison.

Balançant d'une main son petit baquet de bois, il suivit le routin jusqu'au premier mur des chaumes. En attendant que bergers et bergères eussent franchi les ponts, il chercha sur la lisière de grosses limaces rouges, s'assit dos aux pierres, enleva le petit sac cachant le contenu de son baquet et découvrit les cordes pliées et la rangée de billes de plomb terminant chacune d'elles. À côté étaient roulées les cordelles plus fines avec leurs hameçons. Il enfila l'une d'elles dans une longue aiguille avec laquelle il traversa la limace avant de l'assujettir sur le croc de fer, puis noua la cordelle à la boucle plombée de la corde. Il ne savait pas quelle douleur il infligeait là, il ne savait rien de la douleur des anguilles qui lutteraient peut-être toute la nuit, déchirées par les hameçons et sans doute était-il lui aussi un bourreau. Lorsque les cordes furent prêtes, il descendit tout droit, à moitié caché par le mur, jusqu'à l'endroit où le coude du ruisseau rejoignait presque le bas du versant. Il retrouva le plaisir frais et enfantin d'entendre l'eau courir, et suivit les aulnes de la rive où les bergeronnettes s'affairaient encore jusqu'aux fosses plus profondes, où de loin en loin, selon le courant, il jeta les premières cordes qu'il attacha aux basses branches. Il s'arrêta un peu avant Pont-Bertrand : quelques attardés criaient encore dans la Noue pour rassembler leurs vaches et il voulait y être seul, non pas tant parce que sa pêche était défendue que pour n'être vu par personne et éviter à ses cordes d'être visitées par plus matinal que lui.

Il s'assit au pied d'un frêne et alluma une cigarette. Le soir obscurcissait lentement les prés. Il attendit, dissimulé, sans trop savoir si ce qui dans sa braconne s'ajoutait au plaisir de manger des anguilles était le secret, ou le goût très vieux de saisir, de capturer, de ravir, ou l'imitation solitaire des gestes jamais oubliés de l'enfance, et son grand-père se tint soudain près de lui comme si souvent, sifflotant, en train de lui apprendre le nœud liant la cordelle, à la fois initiateur et protecteur de toute aventure, exactement comme était pour lui-même le temps : Lortier avait humblement essayé toute sa vie de tirer du temps un savoir, de lui soustraire ses témoins en déterrant aux quatre coins du globe des percuteurs ou des haches de silex ou des outils d'os et des parures, de comparer ce que le temps laissait quelques milliers d'années auparavant avec ce qu'en avaient hérité quelques peuples perdus dans leur oubli de vieillir, de déchiffrer à travers lui sur la roche ou dans les tombeaux les gravures, les peintures, les traces devinées des premiers élans de l'espèce. Au-delà de sa propre existence il semblait à Lortier tenant toujours la main de son grand-père que d'autres passés très anciens qui sourdaient encore en lui mystérieusement l'avaient construit.

Un bruit de voiture le tira de sa rêverie, et il vit avec stupéfaction, descendant d'un lointain hameau qui était peut-être la Tauderie ou Aigonnay, la fourgonnette de la gendarmerie passer sur le pont vers le village, suivie d'une ambulance. Peut-être y avait-il eu là-bas un malade ou un accouchement difficile, bien que la gendarmerie n'eût guère sa place dans tout ça. Les voitures montèrent la côte, disparurent. Il écouta, la Noue était vide comme il y avait deux ou trois ans, quand tous les jeunes hommes de son réseau attendaient avec lui l'avion des parachutages d'armes. Il coupa droit vers un rétrécissement du ruisseau entre deux épaisses piles de pierre qui peut-être avaient épaulé autrefois quelque machinerie de pêche et tendit ses cordes dans les courbes où le courant venait buter sur les vieux murs des berges. Il voyait tout juste assez pour les attacher, le ciel avait foncé, cette camionnette des gendarmes avait laissé dans la vallée sans âge où il ressuscitait les gestes antiques de la pêche une trace apparentée aux maléfices qu'il lirait ce soir dans son journal, l'écho de son temps présent avec son lot de sauvagerie, de luttes, de leurres, de faussetés ou de probités, l'affrontement sans issue du Bien et du Mal dont les injustices l'indigneraient encore comme autrefois lorsqu'il bataillait si fort contre elles, sans pourtant maintenant le pousser aux armes ou aux actes. Peut-être parce que l'injustice s'était mariée à un mal plus terrible qu'elle, la cruauté, contre laquelle il se sentait sans pouvoir. Ou parce qu'il avait vieilli, tout simplement. Plus porté désormais à essayer de juger qu'à combattre. Un peu honteux de sa chance, se demandant toujours ce qui la lui avait méritée. Toujours assoiffé d'avenir bien que lié au passé par sa vie même, à l'image exacte de ce village. Chaque soir attendant demain parce que Mo serait là demain comme chaque soir. Mo était son avenir.

Il revint très rapidement au pont, longea le lavoir et prit le chemin bordé d'un mur marquant le pied des chaumes dont la pente nue grimpait là-haut vers ce qui restait au ciel de lumière. Une clarté semblait monter des prés eux-mêmes, couverts d'un filet léger luisant faiblement que les araignées avaient étendu sur les herbes en entre-croisant leurs soies, portées de maille en maille par le souffle que la chaleur de la journée faisait monter, comme si elles eussent sauté ici ou là pour composer les traits pâles d'une pluie immobile. Lortier s'enchanta de ces premiers fils de la Vierge qui annonçaient le beau temps. Les chauves-souris chassaient, des fuites faisaient bruisser les buissons à son passage et la lune blanche qui chevauchait avril pour roussir mai de ses gelées parut au-dessus des peupliers. Quand il entendit le ruisseau chanter il coupa en oblique sur le versant qu'il gravit lentement, ménageant son souffle, jusqu'au tournant du routin où la maison se découvrait. Une seule fenêtre était allumée. Sans qu'il sût pourquoi il songea au fanal d'une lanterne des morts, cette colonne de pierre creuse dressée dans le cimetière d'un autre village, à l'intérieur de laquelle un enfant se glissait autrefois et posait à son sommet une lampe qui brillait toute la nuit, pour guider les âmes perdues vers la terre bénie. Immobile, il écouta son cœur accéléré par la montée se calmer. Il aimait cette lumière, brillant à quatre-vingts mètres de lui comme un fanal de sauvegarde. Mo et lui étaient vieux maintenant, riches de petits-enfants. Avec son habituel réalisme Mo considérait paisiblement la vieillesse comme un accident lent et inévitable, dont il était inutile de détailler les inconvénients. Parfois Lortier espérait mourir avant elle, et immédiatement avait honte de l'égoïsme de son souhait, sachant bien que le dernier cadeau qu'il pourrait lui faire serait de prendre en charge le chagrin du survivant. Il sourit en pensant qu'autrefois il s'interrogeait sur son amour à elle ou sur son propre amour pour elle, se demandant s'ils allaient du même pas, angoissé ou transporté, vivant dans l'éblouissement de cet amour qui soutenait, torturait, fabriquait son existence. C'était la plaque de feu d'une fontaine au soleil, dont parfois la profondeur approchée de plus près s'assombrissait, pleine de feuilles tournoyantes dont il redoutait le tourbillon mais qui une à une se posaient doucement sur le fond, sans que jamais l'eau débordant du bassin pour courir perde sa transparence de cristal. Ils sont la même eau, Mo et lui, ils ressemblent à la maison, leur forteresse a été plus puissante que les années, elles se sont usées sur ses murs. Peut-être n'ont-ils jamais été aussi comblés l'un par l'autre que maintenant, où chacun d'eux est devenu à la fois l'amant et l'enfant de l'autre.

Lortier hâte le pas, ferme la porte de la petite poterne, arrive devant la fenêtre de la pièce où Mo est assise sous la lampe, le buste tourné vers un livre posé sur la table, et qu'elle lit en même temps qu'elle tricote. Lorsqu'il frappera à la fenêtre ses cheveux blancs vont se relever, son visage sourire légèrement. Lortier s'émerveille qu'une telle source de bonheur ne se tarisse pas.

IV

FERNAND ET CLÉMENCE

— Tiens, avait dit Fernand en posant près d'elle la brouette pleine de betteraves, nettoie-les donc !

Clémence savait qu'à partir de ce moment où il se déchargeait sur elle de son propre travail il disparaîtrait de plus en plus souvent, serait de plus en plus vague, confus, chancelant ; au souper il dormirait sur son assiette, à moins qu'un détail inaperçu ne le fasse se dresser en vociférant, et dans la nuit, quand elle aurait le courage de se coucher, elle resterait là, dans le noir, à côté d'un ivrogne.

Au début, ses parents dormaient dans le lit à rouleaux enveloppé des grands rideaux tombant du baldaquin accroché aux poutres, au fond de la salle où on vivait. Fernand et elle avaient la petite chambre du grenier, sa chambre de jeune fille, qu'ils avaient préférée à la pièce du bas derrière la souillarde, celle du grand-père. C'était une autre vie, c'était oublié. Puis eux-mêmes avaient dormi dans la grande salle, la chambre du grenier était devenue celle d'Adrien. À la fin, malgré son caractère placide, elle n'avait plus supporté que ce lit soit toujours là, mêlé à chaque heure de sa vie, elle avait parfois besoin d'être seule. Zacharie, le menuisier, avait déménagé le lit dans ce qui avait été autrefois la salle à manger, une pièce parquetée que dans son enfance on ouvrait une ou deux fois l'an pour de grands repas et qui restait imprégnée d'une odeur d'ombre close, d'ancienne moisissure, de cire vieillie, de nappes longtemps pliées dans les grandes armoires et qui ne serviraient plus jamais.

Certains soirs, quand Fernand revenait tard des champs avec André, le journalier, une sorte de joie d'avoir encore travaillé sa terre le tenait éloigné du vin, il soignait les bêtes, mesurait l'avoine du cheval, mettait tout en ordre avec un soin presque excessif, puis s'installait sous la lampe avec le cahier d'Adrien, l'aidait à faire ses problèmes, lui faisait réciter ses leçons. Clémence penchée à côté d'eux sur le foyer remontait la marmite sur la crémaillère ou prenait une pelle de braises qu'elle portait dans les grilles du potager ; elle écoutait Fernand ajouter son propre savoir à ce que disaient les livres, surtout en calcul et en histoire, dont il n'avait rien oublié. Parfois il fermait le cahier pour donner sa leçon à lui, parlait à Adrien de jachère, d'engrais vert, du trèfle et de la luzerne coupés tôt auxquels l'ensilage donne un goût de caramel brûlé dont les bêtes raffolent, du blé qu'on reconnaît mûr lorsque l'épi s'incline et que la tige « fait le cou de jars ». Ces soirs-là Clémence et lui se parlaient, il y avait une sorte de trêve, même si lorsque le petit était couché il buvait à la suite, très vite, plusieurs verres dont son corps avait soudain un besoin vital. Ces jours apaisés n'étaient pourtant d'aucun espoir, Clémence ne pensait plus jamais à ce que Fernand avait été autrefois, fort, décidé, obstiné, s'intéressant à tout, d'esprit si vif que parfois certains voisins, en se cachant de son beau-père, venaient l'interroger sur les fumures ou les engrais. Sa connaissance agricole avait une sorte de prescience, il devinait ce dont la terre avait besoin.

Dans son extrême fatigue, Clémence oubliait même l'image qu'elle avait maintenant de son mari, celle d'un homme gros, râblé, violent, aux yeux rouges et ternes, aux mains imprécises. Elle s'assit dans la grange, mit un sac sur ses genoux, prit le gros couteau, posa par terre un baquet et commença de racler une à une les betteraves. Elle voulait surtout ne penser à rien qu'à ce qu'elle faisait, à la lame qui grattait la terre séchée et parfois découvrait sous la peau violette une langue de pulpe rosée, à la terre qui s'effritait en tombant dans le baquet, au bruit sonore de la betterave qu'elle lançait dans le coupe-racines. Lorsqu'il serait plein elle déciderait s'il fallait encore une demi-brouette. Elle ne portait plus le baquet de terre dans le jardin comme autrefois, elle le vidait sur le tas qu'elle avait fait peu à peu dans la grange, peut-être un jour demanderait-elle à André de l'enlever, André était un vieil homme courageux qui en dehors de ce que commandait Fernand lui rendait tous les services qu'il pouvait. Après il faudrait faucher un peu de luzerne dans la pâture pour les lapins, couper des orties le long du mur pour les hacher et les mélanger à la pâtée des canards, mesurer le son et la farine pour le cochon qu'elle entendait déjà grogner, dès que le petit serait rentré il faudrait traire, à moins qu'elle ne traie les chèvres plus tard, dans la nuit, après le souper qu'il faudrait préparer lui aussi. Et dans cette succession vague de ses tâches qu'elle devinait incomplète elle eut la vision claire d'un oubli qui la fit interrompre les gestes qu'elle accomplissait machinalement, presque endormie : elle n'avait pas nettoyé les seaux à lait, qu'elle récurait encore avec une poignée d'orties pour qu'ils brillent.

Ce que Clémence redoutait plus que tout, c'était le matin, la lucidité que donne un bon sommeil : elle avait besoin d'une sorte de grisaille, de l'enchaînement incertain de sa nuit avec ce qui recommençait. Un jour au lavoir de Pont-Bertrand Léa avait dit : « Le matin quand il fait clair, ça fait mal de voir sa misère. » C'était exactement ce qu'elle voulait fuir. Elle vivait nuitamment, toute seule, repoussant peut-être obscurément le moment où elle s'étendrait près de Fernand, attendant surtout que s'épaississe avec les heures le brouillard qui lui masquerait sa condition. Il lui arrivait de traire ses chèvres ou ses vaches quand tout le monde dormait. La veille de l'anniversaire d'Adrien elle avait démêlé sa pâte et fait des gaufres vers le matin. Elle ne savait plus si le sommeil s'éloignait d'elle ou si c'était elle qui le refusait. Parfois il triomphait, elle dormait assise sur une chaise, la tête dans ses bras posés sur la table. Un jour qu'elle avait voulu se reposer en restant pour une fois à garder ses chèvres tout en écossant des petits pois, elle avait piqué du nez dans l'herbe et s'était effondrée dans un ensevelissement sans fond, si bien qu'Adrien venant la chercher s'était dit : « Qu'est-ce que c'est que ce tas de chiffons, là-bas ? Ce n'est quand même pas ma mère ? » Elle avait pourtant la force d'en rire quand on le racontait. Il lui fallait oublier qu'elle avait été une femme d'orgueil.

Clémence entendit sur la route le bruit des troupeaux et les cris des enfants qui rentraient. Elle se leva, secoua la terre du sac et traversa la cour pour ouvrir la grille. Adrien n'était pas rentré avec ceux de la Guérinière, il avait dû prendre l'autre route un peu plus longue, par la Bastière, pour embrasser sa Maria. Elle se demandait si elle était jalouse de Maria ou si elle lui était reconnaissante de l'affection qu'elle portait au petit. Elle se dit qu'elle aimait Adrien sans savoir comment le lui montrer, c'était un enfant tendre et gai alors qu'elle se sentait rude et triste, mais elle refusait de songer qu'elle avait manqué ça aussi. Elle refusait de toutes ses forces son désespoir.

*

Le cellier accoté au hangar avait été creusé dans la terre et ses murs continués au-dessus du sol pour supporter un grenier où séchaient les noix et les pommes sur des claies grillagées. Fernand descendit les marches ébréchées en prenant appui par habitude au crochet de fer scellé dans la pierre où se fixait autrefois la corde retenant la descente des barriques. Il sourit tout seul à l'odeur fraîche que lui souffla le léger courant d'air du soupirail, laissa la porte à demi ouverte sur la pénombre où dormaient les quatre tonneaux alignés sur leur tin, les casiers, l'if de fer où quelques bouteilles vides étaient enfilées par le goulot et s'assit sur une vieille selle à traire, tout entier absorbé par le vide brûlant que forait en lui le besoin d'alcool. D'un doigt machinal il frappa le fût dont la matité rassurante indiquait le niveau, prit derrière lui dans un logement du mur le pot de confiture qui était devenu sa mesure, le remplit et douloureusement le respira. Il ne savait plus si la souffrance était ce brasier béant qui le ravageait ou ce vin dont son apaisement était l'esclave. À grandes gorgées, il vida le pot.

Au début, quand il était entré dans cette maison, personne n'aurait pu présager ce qu'il lui fallait bien appeler sa déchéance. Le mariage avait été superbe. Le vieux Largeau n'était pas le plus pauvre du village et Clémence avait, comme on disait, le cotillon bien terreux. Lui non plus n'était pas venu dans cette famille avec seulement son couteau dans sa poche, son père lui avait donné quatre beaux hectares de plaine à blé sur Alleray, une petite vigne à la Pérère, un petit bois d'acacias à faire des piquets et la grande pâture derrière Puypouzin, sans compter ce qui viendrait plus tard. Clémence était jolie, avec son casque de cheveux partagés au milieu et serrés en tresse, noirs comme ses yeux. Son front très haut, d'un blanc d'aubépine, équilibrait un menton volontaire et une large bouche toujours prête au rire. Elle était forte, elle avait la main grande à l'ouvrage, elle aimait l'amour, il la prenait dans les fenils ou parfois, lorsqu'elle gardait le troupeau à Champarnaud et qu'il travaillait sur l'Outremont à sarcler ses betteraves ou semer son orge, il laissait là son chantier et courait la renverser dans l'herbe, sans que jamais personne les ait surpris en train de bien faire. On était convenu qu'ils s'installeraient à la Guérinière, on renverrait l'un des deux valets et les deux couples mèneraient la ferme, sans qu'on ait dit ce qui se partagerait, ni qui commandait. Le grand-père Largeau vivait encore à ce moment-là, assis à longueur de jour dans son fauteuil au coin du feu, atteint d'une maladie étrange qui le faisait rire aux larmes dès qu'il parlait, noyant ses mots dans les pleurs d'un rire énorme, sanglotant de rire en racontant les richesses de sa jeunesse où il attelait à trois mules avec des sonnailles, malgré l'austérité protestante de sa défunte femme, qui avait une servante et mettait des gants noirs pour aller au temple.

Au début, l'importance de la ferme avait grisé Fernand. Il avait étudié les champs un par un, analysé les terres sous l'œil narquois de son beau-père, comme il avait appris à le faire à l'école agricole, observé leurs retenues d'eau, apprivoisé leurs résistances différentes à la charrue et la façon dont elles s'émiettaient sous la herse. Il savait comment mener tout ça, mais le vieux Clotaire ne lui avait pas fait la part belle : ce n'était pas sa manière, il avait le menton plus carré encore que sa fille, il était rebelle à toute nouveauté. Il avait décidé une fois pour toutes de l'assolement de ses champs, il refusait de remplacer son propre grain par des semences plus productives, accusait le vent de casser les tiges de son blé alors que c'était l'excès d'azote dans ses engrais, et s'était violemment opposé à ce que le champ des Cimentières, qui était en pente et avait toujours été labouré en long, si bien que les eaux de ruissellement depuis des années entraînaient la bonne terre, le soit en travers pour garder son humus et sa fraîcheur. Même les terres que Fernand avait apportées lui échappaient, elles s'étaient trouvées peu à peu mêlées à celles des Largeau, insensiblement annexées par Clotaire et régies par lui. De même pour l'argent : Clémence avait celui des œufs et du lait, elle hésitait pendant des jours à en demander à son père. Le travail des jeunes enrichissait ce qu'ils auraient plus tard, là aussi, mais ce plus tard ne les mettait guère à l'aise.

Fernand s'était d'abord arrangé de tout cela, Clémence avait la peau blanche et douce, il aimait travailler, on verrait bien venir les jours ! Lorsqu'il faisait sec et qu'il arrivait en plaine avec son cheval et sa faucheuse, le léger souffle du matin passait lentement sur les avoines dorées, brouillait le gris des blés, s'amplifiait sur la fourrure souple des foins dont les frissons blanchissaient. Quand le soleil montait, les cyprès des petits cimetières au coin des champs luisaient paisiblement, les tournesols levaient tous la tête, une belette fauve coupait devant Fernand de gauche à droite, c'était bon présage, une grande ferveur le soulevait. Il se sentait roi, il lui semblait en même temps qu'il appartenait à cette beauté. Il aimait la terre de toutes ses forces, d'un élan beaucoup plus ancien que lui-même, il aimait le mystère, les signes, les choses d'autrefois, les temps oubliés, la germination indéfiniment renouvelée des vieilles graines vers des épis neufs. Son champ préféré était celui qu'on appelait le champ d'Alaric, où sa charrue un jour avait déterré une grande lame de lance ondulée pourvue d'un croc dont le tranchant avait peut-être coupé des jarrets de chevaux, une double hache dont le fer était incrusté d'arabesques de cuivre, plus loin un éperon très orné avec une molette aux pointes démesurées et des os. Il avait patiemment gratté la rouille de ses trouvailles et avait voulu en décorer les cloisons de leur chambre mais Clémence avait refusé ces trésors qui ressemblaient à de vieux outils sans usage, ils étaient peut-être encore dans un coin du grenier, à moins qu'Adrien ne les ait découverts.

Fernand était faible, ses songeries d'avenir lui tenaient lieu de présent. Il s'était rendu compte trop tard qu'il avait manqué de courage, qu'il avait des terres à lui dans tout ça, qu'il aurait fallu faire front, imposer ses vues, fixer des frontières et des partages. Par lâcheté, et parce que son amour pour Clémence l'en dissuadait, il avait renoncé aux discussions orageuses et refusé de vivre en fâcherie avec son beau-père. Il avait pris son mal en patience ; l'âge arrivait pour Clotaire mais son espoir était surtout dans Adèle, sa belle-mère, une femme maigre, effacée, qui n'allait plus au temple que pour les fêtes, dont la bonté avait trouvé une autre façon de prier : elle s'était découvert une lointaine parente très âgée, presque infirme, qui habitait seule près de la fontaine de Sorigné une grande maison isolée du village, une ancienne bâtisse en pierre de taille construite au milieu du siècle dernier lorsque les fermiers s'étaient brusquement enrichis en découvrant qu'on doublait les récoltes si on chaulait les vieilles terres. Justine vivait là avec ses deux chiens, dont l'un était lâché la nuit et l'autre, plein de puces, attaché au pied de son lit ; mourant de peur dès le soir tombé, mais gaie et bavarde, chantant d'anciennes chansons, racontant comment son père avait été blessé par les Prussiens à Gravelotte ou comment pendant la guerre de Quatorze elle avait joyeusement tourné des obus en usine. Adèle avait nettoyé, soigné, nourri cet attelage, soufré les chiens, récuré la maison, brûlé les vieux papiers. Elle avait même défriché un coin de l'ancien potager où poussaient maintenant des zinnias, des œillets d'Inde et des giroflées au pied d'anciennes roses presque violettes qui embaumaient. Tous les jours avant midi elle venait aider Justine à se lever, tous les soirs elle lui portait un demi-seau de soupe, que la vieille femme répartissait entre elle et ses chiens. Au bout du compte elle passait de plus en plus de temps dans cette maison, comme si peu à peu les soins dont elle entourait Justine avaient remplacé la tendresse qu'elle aurait voulu montrer à un petit-fils que Clémence ne lui avait pas donné.

Les intentions de Clotaire étaient moins généreuses : avec la permission qu'Adèle avait demandée et que Justine aurait été bien en peine de refuser, il mettait ses bêtes dans le grand pré jouxtant la maison, et cultivait un champ superbe laissé en friche depuis des lustres, une terre bien reposée qu'il avait suffi de nourrir avec une année de ray-grass et de trèfle rouge enfouis en engrais vert. Fernand, lui, pensait à la maison : une fois la vieille morte et les papiers du notaire en règle, Clémence et lui s'installeraient là ; au début ce serait peut-être difficile puisqu'ils n'avaient aucune économie, mais avec ses propres terres, celles que son père lui abandonnerait à coup sûr, les champs de Sorigné et les deux ou trois vaches et les prés que lâcherait peut-être son beau-père il serait maître chez lui, cultiverait comme il le voudrait, Clémence et lui seraient seuls aux repas, seuls à parler, seuls à décider, seuls à vivre.

Mais c'était Adèle qui était morte. On l'avait enterrée au fond de l'ouche, derrière les hangars, dans le petit cimetière aux trois cyprès de sa famille, et en même temps qu'elle le rêve de Fernand. Clémence au contraire était devenue maîtresse de la basse-cour et du ménage, dans une maison où elle avait toujours vécu, traitée par son père, auquel elle ressemblait si fort, avec plus d'attentions qu'il n'en avait jamais montré à sa défunte femme. Elle continuait comme l'avait fait sa mère, avec sans doute plus de sécheresse, de soigner Justine, qui devenait sourde mais gardait sa gaieté. Elle avait exigé de traiter à nouveau les chiens contre les puces. Elle avait oublié les promesses attachées autrefois à la maison qu'elle entretenait par devoir, comme elle faisait de la vieille femme, et ne pensait plus jamais qu'elle y vivrait : elle régnait sur la sienne.

Quelque chose de l'amour que Fernand portait à sa femme était mort à ce moment-là : ils n'avaient plus le même domaine. Il était lié, sans même l'issue d'une rébellion que Clémence n'aurait pas comprise. En dernier recours, le seul apanage qu'il avait revendiqué violemment était le soin des chevaux. Là, Clotaire avait compris qu'il fallait céder, personne d'autre que Fernand n'attelait les chevaux, ne les nourrissait, ne les étrillait. Pour le reste, il avait continué de semer les vieilles semences, de faire tourner les mêmes cultures dans les mêmes champs, d'ignorer les nouveaux engrais, de labourer les Cimentières en long, de recevoir des ordres. Il était devenu le valet de son beau-père, le valet de Clémence aussi. Il avait bu. Le vin embuait le jour d'un léger brouillard, qui masquait le temps, cachait le lendemain immuable, chauffait cette sorte de froid que lui donnait son aliénation.

Des années après, Clotaire avait fini par prendre la place du vieux Largeau dans le coin du feu, oubliant tout, méconnaissant parents et voisins, sauf sa fille, qui le faisait manger. On l'avait mis, comme autrefois l'ancêtre, dans la petite pièce derrière la souillarde, il n'avait plus guère quitté son lit et avait fini par passer l'arme à gauche, Fernand était devenu le maître mais c'était trop tard. Là-dessus, la guerre était arrivée et n'avait rien arrangé. Il était parti près de la frontière belge, c'était presque son premier voyage. Il avait passé des mois à attendre, puis à se battre dans un désordre incroyable et à faire retraite de plus en plus loin, avec un groupe de moins en moins nombreux ; ils n'étaient plus qu'une poignée à Libourne, où on les avait démobilisés et renvoyés chez eux. Il avait gardé de cette tourmente incompréhensible le sentiment d'avoir appartenu malgré lui à un monde qui lui était absolument étranger ; malaise et tristesse l'avaient aussi rapproché du vin à ce moment-là.

À son retour, Justine n'était plus là : au printemps qui avait suivi sa mobilisation Clémence avait été très malade, elle délirait, Mme Lortier l'avait veillée ; André, le journalier, courait des champs aux écuries, des écuries à la maison, sa femme était venue s'occuper de la basse-cour, tout le monde avait oublié Justine. Quand Clémence avait pu le lui rappeler, André s'était précipité à Sorigné, le chien jaune hurlait à la mort dans la cour, la vieille femme était raide, l'autre chien enchaîné au lit avait commencé à la manger, l'odeur de la mort l'avait rendu fou, il avait fallu l'abattre.

Trop tard. Ressasser sa vie ne servait à rien. Fernand remplit à nouveau son pot au robinet, respira le vin, regarda longtemps sa moire violette : la cave était devenue son refuge, sa cache hantée de rêves enterrés là. Trop tard. La maison de Sorigné aussi était louée, la moitié des terres était louée, ce qui restait suffisait bien, avec André le journalier ils en venaient à bout. Et personne ne se doutait que maintenant sa seule joie était Adrien, bien qu'il fût dur avec lui souvent quand il avait bu, quand le monde entier était dur. Il regrettait encore le jour où il l'avait si brutalement frappé, battu à cause de cette vache enflée que le gosse avait laissé s'égarer dans une luzerne, il voulait ne plus songer qu'au bonheur des parties de pêche qui les rapprochaient. Parfois la pensée d'Adrien effaçait ce vin, il redevenait fort un moment, attelait le cheval à la charrette, partait dans les champs avec André, retrouvait l'effort et le plaisir d'autrefois, une sorte d'espoir. Il aimait aider Adrien à faire ses devoirs, découvrir intact ce qu'il avait appris autrefois et le lui donner, il se disait ces jours-là que lorsque Adrien serait grand il l'emmènerait dans la plaine, dans les bois, lui enseignerait peu à peu sa propre science de la terre et tous les gestes qu'elle demandait. Il n'osait pas embrasser

Adrien, il n'embrassait plus personne, Clémence refusait qu'il la touche. Un jour Valérie Faucheux, qui était si fière de ses dix-huit ans, était venue l'agacer dans sa cave, elle lui tendait ses seins, la petite garce, il titubait en essayant de la prendre et elle sautait de côté, elle se jouait de lui, sa main n'avait jamais pu la toucher, elle avait fui en se moquant, il était retombé sur sa selle et s'était mis à pleurer. Il faudrait aussi qu'il parle des filles à Adrien, plus tard. Quand Adrien se marierait il casserait le bail de la vieille maison de son grand-père, celle qu'il aimait tant, qui était louée ; il paierait le dédit et irait y habiter avec Clémence si elle le voulait. Jamais Adrien et sa femme ne vivraient avec Clémence et lui, jamais ! Adrien aurait la Guérinière à lui tout seul. Il but longuement. Le vide en lui le brûlait encore. Il remplit de nouveau le pot.

*

— Mais qu'est-ce que tu faisais donc ? cria Clémence quand le petit eut fermé la grille derrière les bêtes. C'est encore ta Maria qui te fait traîner par la Bastière ? Elles ont bu ?

— Oui, à Pont-Bertrand.

— Alors rentre-les, la litière est faite. Après tu sortiras le cheval.

Adrien fit semblant de presser les parthenaises qui trouvaient seules le chemin de l'étable, les attacha une à une, d'un geste qu'il aimait bien parce qu'il fallait leur entourer l'encolure de ses deux bras pour passer la chaîne, et coller sa joue contre leur poil rêche et roux. Le petit chevreau s'était déjà précipité sur la mamelle de sa mère, Adrien le caressa longuement, puis se glissa dans l'écurie pour détacher le cheval, qui occupait seul une des quatre stalles, les autres servaient maintenant à ranger les outils ou du foin dans lequel son père dormait parfois ; il avait toujours un peu peur de se faufiler là, il aurait suffi que le cheval plaquât son énorme masse contre la paroi de la stalle pour l'écraser. Il lui passa la longe et le précéda, écoutant le bruit sonore des sabots sur le pavement de l'écurie, puis assourdi dans la cour, un bruit fort, protecteur, qui effaçait peu à peu l'effroi mêlé d'une gloire secrète qu'il ressentait encore de sa découverte. Il avait eu besoin de voir Maria. Elle avait entendu le troupeau, le seul à emprunter ce chemin quand Adrien se déroutait, elle était venue jusqu'à la barrière avec un grand sourire de plaisir, ils avaient dit trois mots, elle l'avait trouvé pâle mais c'était l'heure peut-être qui lui donnait ce teint gris. Elle avait couru jusqu'à la maison et rapporté une crêpe au sucre. À entendre sa voix calme, à retrouver la sûreté du village, l'oppression qui étranglait Adrien s'était dénouée. Les bêtes avaient continué sans l'attendre, il s'était sauvé pour les rejoindre, encore agité d'un tumulte dont le bouleversement s'éloignait.

Le cheval avait flairé l'eau longuement, en reniflant de plaisir, et maintenant buvait. À chaque goulée ses naseaux s'abaissaient et se relevaient paisiblement. Adrien fixa le fond de la grande auge de pierre où quelques écrevisses du ruisseau étaient cachées sous des tuiles, un mort avait été couché autrefois dans ce sarcophage, le cheval buvait dans un tombeau. Il se dit qu'il possédait maintenant un grand secret qui l'isolait davantage, même s'il était encore aux yeux de tous le petit garçon qui lui ressemblait.

Brusquement Fernand surgit, rouge, le regard ivre, les yeux piquetés de sang. La gifle était déjà partie, si forte que le gamin chancela.

Fernand bégayait de fureur :

— C'est moi qui m'occupe du cheval. Personne d'autre, jamais, tu entends ? Jamais !

Adrien se tenait la joue, sans une larme. Fernand lui arracha la longe, tira violemment le cheval, qui voulait encore boire, et marcha d'un pas raide vers l'écurie, très droit, comme s'il s'appliquait à ne pas dévier de sa ligne. Bientôt il sortit, passa devant la grange où Clémence debout le suivit des yeux sans un mot, entra dans le hangar où on l'entendit remuer durement des fers d'outils, comme s'il passait sur eux sa colère. Adrien s'éloigna lentement du timbre, quelque chose de dur et de glacé pesait dans sa poitrine. Clémence vint vers lui et le serra contre elle, l'embrassant, caressant doucement sa joue. Elle se rappelait trop tard qu'autrefois les chevaux étaient la part exclusive de Fernand.

— Mon petit lapin, dit-elle tout bas, n'aie pas peur, il n'est pas méchant. C'est ma faute, c'est à cause de moi, il a toujours été fou avec ce cheval, c'est son bien.

Elle pleurait, deux grosses larmes qui brillaient en coulant, lourdes, lentes. Adrien la regarda, gémit « Maman ! Maman ! » et se blottit dans son corsage, puis ils se séparèrent et Adrien vint parler au petit chevreau.

Au souper Fernand fut apaisé, presque gai, riant parfois tout seul d'un petit rire de gorge, comme s'il s'était moqué de lui-même. Il interrogea Adrien sur ses leçons mais c'était pour la règle, il avait la voix mal assurée et d'ailleurs l'enfant savait tout. En se levant il posa sa main sur la tête du petit et l'ébouriffa en le regardant gravement, puis sans dire un mot disparut. Clémence était lasse. Elle se força à sourire lorsque Adrien eut préparé son cartable, l'attira contre elle et le serra longtemps, ses lèvres posées sur le front du garçon. Quand Adrien fut couché elle monta pesamment l'escalier pour le border dans son lit et l'embrassa encore, ce n'était pas coutumier, il se sentit fier et heureux, ce qui lui valait ces marques tendres était maintenant apprivoisé, dormant dans une mémoire secrète.

Lorsque Clémence redescendit dans la cuisine,

la table n'était pas débarrassée, elle se dit qu'elle n'avait pas encore trait ses chèvres, regarda l'heure et s'assit. Il lui sembla brusquement que c'était le bout de sa vie, elle ne pouvait plus faire face. Elle ne pouvait plus tout nettoyer, tout rattraper, tout ranger, tout finir. Il y avait du linge à laver dans la souillarde, de la terre sous la table, cette terre gagnait, on avait beau la balayer tous les jours, il fallait repousser cette terre dehors. La chambre était sale, il aurait fallu faire le lit, balayer encore, s'arrêter parce que l'heure des chèvres était depuis longtemps passée. C'était trop. Il y avait aussi la vaisselle. Encore une fois elle songea qu'elle aurait pu prendre une servante mais elle n'avait pas le temps de chercher, elle était trop lasse. Elle alluma la lampe-tempête, éteignit l'ampoule, regarda longtemps le feu qui rougeoyait, essaya de ne plus penser. Sa seule envie était d'être assise là, devant les braises, dans le noir, les mains sur les genoux, et d'attendre.

V

ZACHARIE

— Neuf fois sur dix c'est pour de l'argent, fit Zacharie Métivier, dit Va-Devant, en posant son rabot sur l'établi. Je peux te raconter ce qui est arrivé au père de mon grand-père.

— Oui, mais cette fois, ça ne peut pas être pour de l'argent, dit Lortier. Je n'en reviens pas de cette histoire.

— C'est pour ça que personne ne comprend. Moi, le père de mon grand-père, tu vois, ça n'est pas d'aujourd'hui, mais au moins c'était clair. Mon père disait que c'était un homme très fort, tu sais ce qu'il était ? Pendant ses sept ans de service il était devenu maître de danse, de canne et de chausson, oui, mon cher !

Assis sur l'escabeau, Lortier écoutait patiemment son vieil ami, respirant la tendre odeur du bois que depuis l'enfance il n'avait jamais dissociée du souvenir de cet atelier bien rangé, de ses outils aux fers et aux manches usés et luisants, de ses tas de copeaux et de sciure balayés près de la

83

porte où quelques toiles d'araignée épaissies par la poussière du ponçage pendaient en draperies. Zacharie et lui revenaient tous deux de l'école, son père causait avec Moïse Métivier, le père de Zacharie, en roulant une cigarette comme il le faisait maintenant, il ne s'était presque rien passé, à peine une vie, c'était un instant plein d'échos, que ce qu'il venait d'apprendre rendait grave.

— Donc le grand-père s'en va à La Mothe vendre deux bœufs, dit Zacharie en ajustant un tournevis dans son vilebrequin. Il trouve affaire avec deux gars qui se disent bouchers à Pamproux, on boit chopine et ces deux gars paient les bœufs en toutes petites pièces, il y en avait deux sacs très lourds. Le grand-père commence à s'en retourner à pied et, en arrivant à la forêt de l'Hermitain, il se coupe une grande canne de châtaignier parce que depuis le début il se dit que s'il a été payé avec ces deux sacs c'est pour lui embarrasser les mains : s'il est attaqué, il devra les lâcher pour se défendre. Et comme la route est très droite au milieu de la forêt quand la nuit le prend, il surveille ses arrières et voit des ombres qui le suivent sans faire de bruit en marchant sur l'herbe des côtés. Il entre brusquement en forêt, cache ses sacs et attend. Les ombres arrivent et il les entend qui causent tout bas : « Je suis sûr que je l'ai vu là. Où est-ce qu'il a pu passer ? Où est-il ? » Alors le grand-père crie à pleine voix : « Je suis là ! », saute sur la route. Ça n'a pas traîné, un coup de canne dans le front du premier, qui s'étale sans bouger, l'autre arrive le couteau ouvert, la canne le fauche d'un bout aux jambes, de l'autre aux reins, le voilà qui se traîne. Le grand-père les fouille, prend leurs couteaux, va chercher ses deux sacs et continue tranquillement. Tout ça pour te dire qu'ils l'auraient bien égorgé, ces deux brigands, et pourquoi ? Pour avoir deux bœufs sans les payer. Les crimes, c'est toujours pour l'amour ou pour l'argent, tout le monde sait ça. L'argent gâche tout, mon Pays !

— Est-ce que tu étais aussi fort que le grand-père avec ta canne de Compagnon ? demanda Lortier en souriant.

— Ma foi, quand j'étais jeune, je n'étais pas si facile à ferrer, fit Zacharie, qui avait glissé ses vis dans les avant-trous et les fixait. Mais quatre ans de tranchées pour commencer et vingt ans après cette saloperie dont on sort tout juste, le goût des batailles m'a passé, tu comprendras ça.

La Première Guerre avait pris Zacharie après son Tour de France. Il avait eu plus de chance que Lortier, il l'avait traversée tout entière sans une blessure, et cette chance avait continué de le protéger pendant la guerre qui venait de finir. Il ne croyait plus à grand-chose, il n'avait plus foi qu'en ses mains, que dans la franche et paisible dureté du bois, que dans la morale et la fraternité strictes du Compagnonnage, qui rejoignait tout ce qu'on lui avait appris dans son enfance. Il avait été affilié quelques années avant la guerre comme aspirant menuisier du Devoir, et son travail d'admission était encore dans une pièce qu'il n'ouvrait presque jamais : une porte cochère cintrée sur deux plans, à deux battants, à grands cadres, les montants, traverses, chambranles en noyer, les panneaux et motifs en tilleul très finement chantourné et mouluré, d'une pureté de proportions qui semblait presque le reflet du caractère droit et généreux que ses parrains avaient dû pressentir en l'appelant Poitevin Noble Cœur. Il avait montré à Lortier le carnet de son Tour de France, rempli des dessins de ce qu'il avait vu ou fait, des escaliers au giron compliqué, des limons aux volutes sculptées, des panneaux cintrés de chaire d'église ou des coupoles dont il avait relevé les plans de coupe et d'élévation.

Zacharie parlait sans cesser de travailler comme il l'avait fait toute sa vie. Lortier regardait chez son vieux camarade les traces d'un âge qu'il connaissait et acceptait paisiblement pour lui-même, un crâne chauve couronné de boucles blanches qui le faisaient ressembler à un saint Joseph de peinture, des yeux lourds au regard parfois absent d'un homme revenu de loin, deux profondes rides faisant tomber les joues et donnant à la bouche une expression presque amère, tout cela démenti pourtant par un caractère vif et jovial, sans cesse tenté par le plaisir de raconter.

L'atelier lui avait épargné le signe des paysans, ce front partagé d'une ligne nette séparant le hâle de vent et de soleil du blanc immuablement protégé par la casquette ou le béret, mais la marque de son métier était sur un majeur gauche qui n'avait plus que deux phalanges, la troisième ayant glissé sous la lame de la dégauchisseuse dans le trou laissé par un nœud de pin éclaté.

— Sans te commander, dit Zacharie, tu vas m'aider. Des planches de chêne comme ça, ça ne se plie pas comme de l'osier. Tu vois, on dit toujours finir entre quatre planches, eh bien non !, on finit entre six. Ça ne m'arrive pas souvent de faire deux cercueils d'un coup.

— Qui est-ce qui les a trouvés ?

— Tu ne le croiras pas : Lebraut.

— Lebraut ? Qu'est-ce qu'il faisait par là ?

— Il cherchait des morilles, ce feignant. Il a été utile, pour une fois !

Lebraut n'était pas le mieux placé dans les hiérarchies du village, autant fondées sur l'appartenance terrienne et le respect des coutumes que sur la richesse. Le vrai village finissait avec les journaliers qui n'avaient rien, souvent buveurs et grossiers comme du pain d'orge. Une fois le vin payé ces familles vivaient comme elles pouvaient des restes d'un salaire paysan, mais la communauté apparemment unie les tenait pour siennes, même si, aux aguets d'elle-même, elle se surveillait, s'enviait ou se dénonçait secrètement. Elle rejetait en revanche brutalement les traînards de passage, les rétameurs de seaux et les romanichels vendeurs de paniers teints et de dentelles. Entre journaliers et bohémiens, elle tolérait mais maintenait à sa lisière quelques rebelles qui s'étaient fixés là, obéissant à des parentés lointaines avec le pays dont ils parlaient le patois, mal payés quand on avait besoin d'eux, sans rapports avec elle autres que marchands et servant d'ilotes pour faire peur aux enfants et les amuser. Lebraut appartenait à cette frange.

— Tu l'aurais vu faire le fier, disait Zacharie en forçant sur son serre-joint. Droit, sec, sans dents ni joues, avec toujours sa chemise blanche qu'il a pour traverser le village et acheter son pain sans saluer personne, sa veste cintrée, son pantalon de toile et ses espadrilles hiver comme été. Sans parler du canotier. Cette fois-ci il ne vendait plus des escargots ou des champignons, il ne ramassait plus le lichen des pins ou les narcisses sauvages pour les parfumeurs, c'était M. Lebraut, propriétaire, qui menait pour une fois les gendarmes. Et c'est vrai que la moitié pas encore effondrée du toit sous lequel il loge est à lui, de sa mère.

Lebraut vivait de cueillette, n'acceptait le travail qu'en toute extrémité, n'abordait la société que sournoisement, à l'exception de ses prisons qu'il recherchait au cœur de l'hiver quand il avait trop froid et obtenait grâce à un bon repas de grivèlerie dans un restaurant de Niort, Zacharie disait qu'il était allé se chauffer chez la Veuve Chagrin. Quelques excentricités militaires dont un juron tatoué dans sa paume droite pour se faire dispenser du salut l'avaient envoyé en Afrique aux bataillons disciplinaires et c'était à peu près tout ce qu'on savait de son passé, sinon que Marie-sans-Couette, sa mère, une pauvre laveuse s'écorchant les mains pour le gîte et le pain, l'avait mis au monde un quatorze juillet dans le corps de garde, une sorte de cellule toujours ouverte, jonchée de paille et attendant de se refermer sur quelque braconnier pris par le garde champêtre. Cette naissance misérable, qui lui avait pourtant valu le surnom de République, était peut-être une des causes obscures d'un anarchisme que sa pauvreté condamnait au secret.

— Voilà donc mon Lebraut qui va chez le maire, le maire qui appelle les gendarmes et Lebraut qui raconte, en prenant son temps. Il était sur l'Outremont, pas de ton côté, sur le plateau qui domine les chaumes de Charconnier. Il visitait ses coins à morilles, il y a des genêts sur ces chaumes, c'est assez pauvre. Il passe la haie, il longe les cultures et tout d'un coup qu'est-ce qu'il voit sur la bande de passage des charrettes le long de la haie ? Un homme couché par terre sur le ventre, au coin d'un carré de maïs à moitié semé, la figure dans les mottes, à côté d'un sac de grains ouvert. Il est méfiant, Lebraut, il se

demande quel tour on lui joue, pas de ça, Lisette !
Il appelle « Oh ! Eh là ! Ça va ? ». Ça ne bouge
pas. Il veut quand même avoir le cœur net de ce
particulier-là qui s'est effondré le nez par terre, il
le pousse un peu de son bâton, ça ne bouge toujours pas. Il se baisse pour le prendre par l'épaule
et le secouer et alors, dis donc ! il voit le dos tout
troué et plein de sang d'un homme déjà raide et
quand il le retourne la poitrine est en bouillie, et
il reconnaît Clairon, Fréchaud de son vrai nom,
un bon journalier qui habite avec sa femme à
la Raymondière, près de chez toi. Mort. Raide
comme balle. Avec des yeux grands ouverts, et la
bouche de quelqu'un qui aurait pu appeler au
secours. Il a peur, Lebraut, il a vraiment peur en
plein champ avec ce cadavre, il se demande un
moment s'il va se sauver ou rester quand brusquement à cinq ou six mètres de lui il voit
quelque chose qui lui retire le sang des veines :
un autre corps allongé là sur le dos le long de la
haie, avec une épaule et la moitié du cou empor-
tées, qui s'est vidé dans une mare brune, et il
reconnaît Simon Varadier, dis donc ! Simon qui
avait l'âge d'être mon fils, un bon voisin, un garçon que j'aimais bien, franc comme l'or, bon jeu
bon argent, toujours prêt à rendre service, et
maintenant, ce malheur !

Zacharie se détourna, chercha des vis, qu'il ne
prit pas, se moucha bruyamment, saisit une

planche qu'il mit en bout du cercueil et traça les coupes obliques sans parler.

— Je n'en reviens pas de cette histoire, répéta Lortier, ça n'a aucun sens. Fréchaud, je ne le connaissais pas, mais Simon, je le revois bien. Est-ce qu'il n'avait pas une petite fille ?

Zacharie hocha la tête, trop ému soudain pour parler.

— Alice, dit-il enfin.

— Voilà ! Une petite figure pointue avec de grands yeux de violette, je la connais, cette petite, ma femme la fait dessiner le mercredi soir avec deux ou trois autres gamines. Pauvre gosse !

— C'est ma petite amie, elle vient souvent me voir avec Adrien, ils me prennent l'écorce des planches de pin pour tailler des bateaux. Et sa mère aussi est jolie comme un cœur. Je t'assure, quand j'ai été le mesurer pour faire ça, dit-il en frappant de la main sur les planches, quand j'ai vu cette pauvre femme toute jeune avec des yeux d'épervier hagard ! Et Simon qui était si vif qu'on l'aurait envoyé chercher la mort tellement on était sûr qu'elle se serait sauvée, tiens, rien qu'en pensant à lui...

Zacharie se moucha de nouveau, fit mine de vérifier son vilebrequin, enleva ses lunettes cerclées de fer tout embuées.

— Pourtant j'en ai vu ! dit-il. Deux d'un coup ! Et pas à la guerre, dans le village ! Et pour rien apparemment !

Il fit semblant pour s'essuyer les yeux de se gratter l'oreille où brillait le petit anneau d'or du Compagnonnage, qu'il appelait son joint.

— Pas pour celui qui les a tués. Il avait sûrement une mauvaise raison, mais une raison. Reste à trouver qui a pu faire ça.

— Ma foi, j'en aurais idée que je ne la dirais pas, j'aurais trop grand-peur de me tromper. Moi, c'est le pourquoi qui m'embrouille, deux jeunes gars forts et en pleine santé qui s'en vont semer du maïs, qui n'ont jamais fait de mal à personne et qu'un Lebraut découvre assassinés.

— Deux coups de fusil et la chasse fermée, ça s'entend, quand même !

— Non. Jandet plantait des piquets pour renforcer ses berges au-dessus de la Noue, les gosses qui gardaient les bêtes ont dit que ses coups de masse ont claqué tout l'après-midi comme des coups de fusil. Même Adrien, mon petit ami de chez Fernand, tu le connais, un garçon fichtrement éveillé, c'était presque lui le plus près, il n'a rien entendu à part la masse de Jandet.

— Éveillé, mais rêveur, dit Lortier, je le connais, mon Adrien, il a pu imaginer trente-six batailles, entendre les coups de feu et croire que c'est lui qui tirait le canon.

— Et sur les lieux, pas de douilles vides, évidemment. Le docteur a dit que c'était du plomb numéro cinq, celui qu'on prend ici pour le lièvre.

— J'ai croisé des gendarmes tout à l'heure en venant chez toi.

— Le village n'en a pas l'air mais c'est tout bouleversé. Ils commencent à interroger les gens, dit Zacharie qui desserrait les serre-joints. On m'a dit qu'ils veulent voir tous les fusils qui sont ressortis après la guerre, tu vas recevoir leur visite. Fréchaud était un bon gars courageux, dur au travail, il avait un petit champ à lui et des chèvres, sa femme est renommée pour ses fromages, mais ils n'avaient pas d'enfant, ils viennent de Gâtine, ils sont très catholiques. Catholiques ou réformés comme dans ma famille ou dans celle de Simon Varadier, c'est pourtant le même Bon Dieu. M'est avis qu'hier il devait regarder ailleurs que sur l'Outremont.

Ce qu'il avait vécu et peut-être plus encore les photographies révélant l'inimaginable enfer des camps avaient éloigné Zacharie de la religion. Sous son apparence gaie et malicieuse, c'était un homme secret, qui parlait peu de lui, de même qu'il était muet sur les raisons de sa solitude, que de vieux contes du village expliquaient par la mort tragique, dans sa jeunesse, de la femme qu'il avait aimée. Il préférait raconter des histoires du passé dans lesquelles il n'avait aucun rôle, d'un ton dont la chaleur effaçait toute trace des douleurs, des épreuves, du long travail. Personne, dans ce village qui s'épiait lui-même avec ses guetteurs et ses jaloux, n'avait jamais soupçonné que dans le grenier où séchaient les bois, au-dessus de l'atelier, Zacharie avait caché pendant quatre ans des aviateurs anglais en transit que le réseau de Lortier acheminait vers l'Espagne, ou des opérateurs radio dont les messages guidaient les parachutages d'armes. Un système ingénieux, une corde pendue devant lui et qu'il suffisait de tirer lorsqu'il voyait quelqu'un pénétrer dans la cour, faisait violemment rabattre le volet de la trappe d'accès au grenier, dont le bruit était signal de silence ou s'il l'avait fallu de fuite par les toits. Le problème était de ne pas éveiller l'attention par des achats dont les tickets auraient dépassé de beaucoup sa carte de rationnement, mais la plupart du temps Lortier et ses hommes fournissaient le pain et les vivres plutôt que des tickets, Zacharie s'était contenté de vider sa cave. La nuit, les Anglais sortaient se dégourdir les jambes dans le jardin, il avait même emmené un de ses pensionnaires tendre des cordes à anguilles, le pilote se roulait dans l'herbe de plaisir.

Une fois pourtant il avait eu peur : il était si occupé à son travail qu'il n'avait pas vu venir un Gefreiter et quatre hommes, il n'avait pas eu le temps de tirer la corde. Là-haut quelques rires et des pas ne s'étaient pas figés assez vite pour que le caporal ne les eût pas entendus, il venait justement remettre un avertissement signalant que des lumières mal camouflées avaient été aperçues plusieurs fois dans l'atelier ; et c'était vrai qu'elles s'éteignaient seulement lorsque des ordres en allemand étaient hurlés de la route ; le pli signifiait que la prochaine fois on tirerait. Zacharie, la peur au ventre, avait lu la semonce avec contrition, puis l'Allemand avait montré du doigt les joints d'or à l'oreille du menuisier et fait un signe interrogatif auquel Zacharie avait répondu par un autre signe. Souriant de tout son visage, le caporal avait tiré de sa poche un petit écrin qu'il avait ouvert sur un insigne de cravate orné du compas, de l'équerre et de la varlope, et murmuré à voix basse : « Vorher war ich Genosse. Vor drei und dreißig, moi Rolandsbruder, Schreimer, menuisier comme vous. » « Je les connaissais, les frères de Roland, racontait Zacharie, ils ont l'honorabilité bleue, la cravate bleue si tu préfères, ils descendent des huguenots français qui avaient fui en Allemagne, si j'avais eu ma canne et mes couleurs, je lui aurais fait le cérémonial de rencontre ! » Il s'était contenté de serrer fortement la main tendue. Puis le caporal avec un sourire de doute avait montré du doigt l'échelle du grenier, Zacharie avait lentement fait non de la tête, l'autre avait saisi le rabot sur l'établi, l'avait regardé puis soigneusement reposé, puis il avait dit : « Bonne chance, Kamrad », et tous étaient partis.

— Où l'avais-tu caché, toi, ton fusil, pendant ces quatre ans ? demanda Zacharie.

— Dans une ruche.

Lortier regardait l'atelier trop grand, les deux établis rangés dans le fond contre le mur, et qu'il avait vus dans le désordre du travail aux mains de deux compagnons, sans compter l'apprenti. Zacharie surprit son regard.

— Eh oui ! dit-il.

— Tu n'embaucheras personne, pour la suite ?

— La suite ? Mais il n'y aura pas de suite ! Ils iront tous à Niort avec des autos, tu en as déjà cinq ou six au village. Ils disent même qu'ils vont avoir des tracteurs à moteur qui travailleront à la place des chevaux. On n'a pas idée de ce qui viendra.

— Tout change, sauf la mort.

— Mais n'empêche que jusqu'à la fin des temps ce sera ce que lisait mon père dans sa Bible : « Le matin vient, et aussi la nuit. » Moi, je ne suis plus qu'un mécréant de vieil artisan, mon pays ! Il y a bien longtemps que mon père m'a fait assembler mon premier tenon dans ma première mortaise, il me disait : « T'as couché une nuit avec la varlope et t'as cru te réveiller menuisier, t'as du chemin à faire, mon garçon. » C'est vrai que le chemin a été long. Et pour finir par faire deux cercueils d'un coup.

— Tu veux que je te dise, Zacharie ? Dieu sait si nous avons souhaité qu'elle arrive, cette paix ! Eh bien, moi, je ne m'y fais pas. Je ne la voyais pas comme ça. Je ne me voyais plus comme ça.

— Et celui-là, donc ! dit Zacharie en désignant un des cercueils. Simon, quatre ans et demi de captivité, il s'en retourne pour se faire trouer par un fusil de chasse. Cette petite femme a attendu des années son mari, il revient, et maintenant elle le pleure !

— « Père, s'il faut que je boive cette coupe, que ta volonté soit faite », c'est aussi dans ta Bible. Accepter, c'est bien ça le plus difficile. Presque impossible. Quand est-ce qu'on les enterre ?

— Quand le médecin de la police aura fait son travail. Moi, je serai prêt demain midi. Il me reste à moulurer ça, dit Zacharie en frappant du poing sur un des couvercles posés sur l'établi. Bon sang de bois, quand je pense que la femme de ce pauvre Fréchaud voulait le moins cher, du sapin ! Je sais bien que toutes les boîtes se valent pour la poussière des morts, mais moi, pour le même prix, je leur ai travaillé à toutes deux du beau chêne, elles me paieront quand elles pourront, qu'est-ce que je peux faire d'autre ? Quand est-ce que ça s'arrêtera donc, la méchanceté du monde ?

VI

ALICE

Alice avait été terrorisée par la pâleur du cadavre de son père. À son âge la mort n'avait aucun sens, elle assistait avec curiosité, sans rien mesurer de ce qu'elle voyait, au saignement des lapins et des volailles ou à l'égorgement des porcs, elle apprenait sans étonnement la disparition des vieilles gens, tout continuait comme avant, rien n'avait jamais fini. Dans cette chambre où Léa et la tante n'avaient pas osé lui interdire d'entrer, elle avait seulement vu le visage de son père dont un drap tiré jusqu'au menton cachait le corps mutilé. À la seconde, avec une peur horrible, elle avait reçu la mort comme une vérité. Elle n'avait pas touché la joue familière et instantanément étrangère de son père, elle avait embrassé la mort. Elle avait vécu plusieurs jours avec cette découverte qu'elle n'arrivait pas à apprivoiser. Ce qui avait fait irruption si violemment dans son existence ne se conciliait pas avec les chuchotements et le silence de la maison, ou les murmures et les visages tristes, seulement tristes, des visiteurs. Lorsqu'elles étaient seules, Léa pleurait avec de petits gémissements de douleur et de colère, elle haïssait et subissait la mort. Ces pleurs n'étaient d'aucun secours à la petite, elle ressentait un déchirement d'une force inconnue, elle aurait voulu pouvoir crier sauvagement. Quand Zacharie était venu mesurer le corps, bien qu'il eût très discrètement déplié son mètre et l'eût étendu si rapidement sur le côté du drap qu'elle avait à peine vu son geste, elle avait compris d'instinct que le cadavre qui n'avait plus que la forme de son père, mais qui était là, était devenu l'objet d'une machinerie inexorable de disparition. Laissant sa mère pleurer et prier elle avait suivi Zacharie dans la cour, s'était précipitée tête baissée dans ses jambes et avait hurlé ses premiers sanglots en se serrant contre son vieil ami de toutes ses forces.

La tante avait décidé que cette petite n'assisterait pas à l'enterrement. Cécile Brunet, la coiffeuse, avait proposé qu'elle vînt passer la matinée et déjeuner chez eux. Madeleine Lortier l'avait aussi invitée lorsqu'elle et son mari avaient fait leur visite de condoléances. Léa aurait voulu qu'elle allât à Puypouzin mais la tante était raide sur les convenances et puisque Cécile avait parlé la première, c'était chez Cécile et Germain Brunet que la petite irait. Eux feraient un déjeuner d'enterrement avec la parenté.

Le service d'action de grâces s'était fait au temple sans que le cercueil y pénétrât. Selon la coutume du pays que les deux religions observaient, les miroirs avaient été voilés et la pendule arrêtée. Suivant le pasteur, les quatre porteurs que Léa avait choisis, des voisins et des parents, étaient venus chercher le corps de Simon Varadier. Ils avaient traversé la cour penchés en oblique pour compenser le poids du cercueil et l'avaient posé sur le corbillard attelé qui attendait, puis chacun d'eux avait pris l'un des cordons du poêle. Tout le village avait suivi Simon jusqu'au cimetière de sa famille, dans son champ d'Alleray. D'ordinaire le cortège était le lieu de conversations paisibles où la vie quotidienne accompagnait des disparitions, que les paysans acceptaient naturellement, comme ils acceptaient les orages, les gelées, la vieillesse. Cette fois tous étaient silencieux et graves devant une double mort inexplicable, qui n'était pas le fait du hasard ni du temps, qu'ils n'osaient pas appeler assassinat ; et les vieux murmuraient à voix basse qu'après cet enterrement il faudrait en suivre un autre et que personne ne se souvenait d'avoir jamais vu ça. Puis le corbillard et son cheval avaient quitté la route et emprunté un long chemin de terre où l'herbe poussait entre les ornières des charrettes. Le printemps éclatait, la blancheur odorante des haies d'aubépine bourdonnait d'abeilles, ceux qui marchaient sur le côté foulaient de larges feuilles de grande berce, ou se baissaient pour éviter les tiges folles d'églantiers à odeur de pomme, de sorte que cette théorie de villageois vêtus de sombre s'étirant au milieu du jaune éclatant des colzas semblait une procession dédiée aux dieux des champs. Devant la fosse ouverte le pasteur avait lu le psaume *Des profondeurs de l'abîme*, puis tous, sans le brusque et bruyant soulagement qui suit d'ordinaire la tristesse des mises en terre, étaient retournés en colonne funèbre jusqu'à l'église où les attendait, veillé par sa veuve et le curé, le corps de Fréchaud, qu'ils conduisirent après la messe jusqu'au troupeau de cyprès du cimetière béni. Ils s'étaient séparés sans que ces cérémonies eussent dissipé le malaise inquiet du village ; contrairement à l'habitude, ces enterrements n'avaient pas nettement conclu la mort, tout n'avait pas continué tout à fait comme avant. Restait le mystère de qui l'avait donnée, et ses raisons.

L'oncle et la tante s'étaient installés dans la chambre à donner de la maison. L'oncle avait commencé par planter des poireaux au jardin, puis avait attelé le cheval au « canadien » et retrouvé ses vieux gestes pour partir labourer la petite vigne des Rocs. La tante, qui profitait de l'effondrement de Léa pour commencer à prendre les choses en main et s'agitait comme un bourdon, avait estimé à trois jours le temps de deuil où il était décent de ne pas envoyer Alice à l'école. La petite avait erré dans la maison et dans la cour, étonnée et assez satisfaite de cette dispense qui la singularisait, mais elle s'était vite ennuyée. Elle qui aimait tant la lecture s'était interdit de lire, en jugeant qu'en ce temps de mortification elle devait se refuser ce plaisir. L'absence de son père, qui bouleversait tout, la touchait par crises violentes et confuses et c'était souvent un détail qui libérait leur déferlement, une cigarette à demi fumée posée sur la pierre de la meule, une casquette qu'elle avait retrouvée et qu'elle cachait dans ses trésors. Parfois elle avait peur, elle se demandait si celui qui avait tiré sur son père n'allait pas surgir d'un des coins sombres du hangar et braquer son fusil sur elle comme Javert l'aurait braqué sur Jean Valjean, comme le faisait le Roi des Montagnes, et elle serrait de toutes ses forces dans sa poche un certain nœud qu'elle avait fait à son mouchoir. Puis elle redevenait soudainement calme, absorbée par le présent, songeant avec la gaieté grave qui était sa marque aux jeux des récréations et sautant rêveusement à la corde toute seule. Elle avait été très surprise au deuxième jour de s'apercevoir qu'elle regrettait devoirs et leçons, elle avait guetté le passage d'Albert Mainson qui descendait ses vaches vers les prés, son cartable sur le dos. Albert lui avait donné des nouvelles : d'après Rosa Mousset et Élodie Gaillot, on avait parlé d'elle à l'école. Le maître avait défendu qu'on continue de jouer à l'assassinat dans la cour des garçons et la maîtresse avait demandé à toutes les filles, quand elle viendrait, de s'amuser et de se conduire avec elle comme si rien ne s'était passé. Venant de celle qui après son père était pour elle la loi, cette attention l'émut beaucoup d'abord, puis la flatta, et elle se précipita sur ses leçons et les exercices de calcul donnés par Albert comme pour montrer à la maîtresse combien elle lui était reconnaissante.

Elle entra le matin dans la cour à la tête d'une escorte de filles inhabituellement silencieuses qui se composaient une attitude compatissante. Son malheur la rendait reine. Elle hésitait entre s'abandonner ostensiblement au chagrin auquel elle devait ce nouveau pouvoir ou s'enorgueillir en restant fière et forte. À la première récréation du matin sa cour apitoyée se reforma mais bientôt les plus petites commencèrent à jouer en cessant de lui prêter attention, les plus grandes ébauchèrent des conversations, puis peu à peu se débandèrent pour un jeu de la-tour-prends-garde où Rosa entraîna Alice. Elle comprit à ce moment-là que lorsque le chagrin la prendrait il lui faudrait fuir les groupes et le supporter en solitaire.

Dans la cour des garçons, le retour de la petite fille avait ranimé les discussions des premiers jours sur l'identité de l'assassin : tous le situaient d'instinct hors du village ou dans ses franges, les uns tenant pour que Lebraut soit le coupable bien qu'on ne lui connût pas de fusil, d'autres parlant d'un mystérieux romanichel qui aurait été vu sur l'Outremont — on se demandait même s'il n'avait pas tenté d'empoisonner la fontaine de Fontmaillol. D'autres avaient des explications surnaturelles, sorties des contes de leurs grand-mères et qui soudain prenaient corps : les maléfices de la Ganipote, de la chasse Galery, du loup-garou ou de mère Lusine. Ceux qui habitaient les hameaux et rentraient chez eux par les boqueteaux ou les chemins de plaine avalaient leur salive en silence en songeant au retour du soir. Adrien écoutait ces controverses sans y prendre part, suivant de ses grands yeux d'enfant secret les gestes et les visages.

— De toute façon on n'en sait rien, disait sagement Albert Mainson.

— N'empêche qu'on peut se douter.

— On verra bien quand on l'aura attrapé, dit le petit Henri Forestier, vif et malin comme une belette. Et si on s'amusait ?

— On s'amuse à ça, dit Jeannot Lacourlie, gras, énorme, boudiné dans son tablier noir.

Il interrogea Adrien :

— Qu'est-ce que t'en penses, toi qui ne dis jamais rien ?

— Ça ne rendra pas son père à Alice, dit Adrien.

— Alice Varadier, elle va faire encore plus sa fière, maintenant que tout le monde la regarde.

— Laisse Alice tranquille, dit Albert Mainson.

— On n'est pas fier quand on a un grand malheur, dit Adrien glacé.

— C'est vrai que la voilà presque de l'Assistance, comme toi, ta bonne amie, elle a plus de père.

— J'ai un père, dit Adrien.

— Un faux, dit Jeannot Lacourlie, un sac à vin.

Il n'avait pas fini sa phrase que la tête d'Adrien lancé de toute sa force l'atteignait en plein ventre et le renversait. Le gros se défendait mal. Adrien en rage cognait sauvagement dans cette chair flasque, dont le poids pourtant l'écrasait mais il ne cédait pas, il griffait, tapait, il aurait voulu étrangler, tuer. Le grand Edmond fendit le cercle qui entourait les combattants, les prit tranquillement par le col et les sépara, sans qu'Adrien cessât de lancer des coups de pied sauvages. Le maître avait vu l'attroupement et arrivait.

— Eh bien ! Eh bien ! Qu'est-ce qui se passe ici ?

— C'est Jublin qui voulait se battre, pleurnicha Lacourlie.

— Je n'aime pas qu'on se plaigne, dit le maître. Allez, c'est l'heure, mettez-vous en rang. Adrien, tu brosseras ton tablier, il est plein de poussière.

À midi, tous ceux du village se précipitèrent hors des cours sur la route avec des cris, des chants, des appels, frères et sœurs se cherchant, les grands prenant la main des petits pendant que ceux des hameaux se regroupaient sous le préau des filles et sortaient leur déjeuner des sacs. Une garde s'était reformée un moment autour d'Alice, un rempart de compassion la protégeant des garçons, puis les groupes se défirent, s'égaillèrent, se rejoignirent par quartiers. Sans que les autres le remarquent Adrien se mêla à ceux de la Bastière et marcha à côté d'Alice, d'abord en silence, s'enhardissant ensuite à lui dire presque bas qu'il n'avait pas osé aller la voir.

— Je sais, dit Alice. T'as bien fait.

— J'ai pensé que t'étais malheureuse.

— Très malheureuse.

Il trouva soudain le mot qu'il cherchait.

— C'était tragique.

— Oui, tragique. Il faut que je te parle en secret, dit Alice. Est-ce que tu mènes tes vaches au champ demain ?

— Sans doute que oui.

— Alors j'irai, si la tante veut. J'aime pas ma tante.

Dis donc, Adrien, appela Morisson, qu'est-ce que tu fais là ? T'as perdu ta route ?

— Il a bien le droit, dit Rosa Mousset.

— Tiens-nous compagnie, Adrien, cria Albert Mainson qui cueillait des boules de bardane pour les lancer sur les tabliers, où elles s'accrochaient. Tu seras avec nous ce soir si on joue aux barres ?

Adrien s'éloignait déjà en courant :

— Je serai avec vous, cria-t-il, vous allez voir ça ! On sera terribles, on sera invincibles !

*

Il faisait très beau. Adrien, sa musette de livres au dos, mordant dans une grande tranche de pain beurré, courut se placer devant son troupeau et lui fit quitter le chemin raide pour un large sentier marqué d'empreintes séchées de sabots, coupant les taillis et suivant la vallée sous de petites frondaisons de frênes d'un vert si tendre qu'elles semblaient parfois jaunies comme par un automne. Adrien attendait, au moment où le sentier s'éclairerait dans un sous-bois dégagé, d'apercevoir le parterre vivement coloré des anémones sylvie. Il aimait cueillir des fleurs pour le plaisir de cueillir, de tenir, il lui semblait pendant un court moment qu'il possédait pour toujours ces fragiles et éclatantes délices. Pressé d'arriver à l'herbe épaisse, le troupeau se hâta lorsque se découvrit le gué du ruisseau en plein soleil. Sous les derniers arbres, à côté des violettes de chien, qui sont sans parfum, les anémones flamboyaient, Adrien eut à peine le temps d'en faire un léger bouquet, il courut derrière les vaches qui prenaient pied sur l'autre rive et sauta sur les pierres plates qu'on avait mises là pour éviter le grand détour du pont. La vive clarté, le ruisseau scintillant, les abois des chiens, les cris d'Albert et de Rosa qui le saluèrent à grands gestes composaient un accueil si joyeux que soudain la Noue fut l'endroit qu'il aimait le plus au monde.

Une grande prairie banale, très plate, inondée par les eaux d'hiver, occupait tout le fond de la vallée entre les sinuosités des aulnes bordant les rives et les pentes bosselées de petits rochers de l'autre versant. Fermée d'un côté par la barre sombre d'une haie très épaisse elle se perdait de l'autre dans des peupleraies aériennes où roucoulaient de lointains ramiers. Ce lieu appartenait sans partage aux enfants bergers, c'était un domaine sans âge et sans temps où les contraintes ordinaires s'abolissaient dans un enivrement de liberté. Adrien courut vers les autres qui s'étaient installés dans une des boucles où le ruisseau s'échappait pour traverser une roselière et se jeta près d'eux en riant, heureux, délivré de tout, tendant à bout de bras vers Rosa le petit bouquet d'anémones qu'elle prit cérémonieusement et attacha avec un brin d'herbe. Presque tout de suite ils se levèrent tous trois pour accueillir à grands cris Edmond et la petite Alice, qui arrivaient l'un après l'autre. Edmond brandissait un bâton coupé dans les taillis et que l'étreinte d'une viorne enroulée en spirale avait torsadé, il pressait ses vaches, qui firent jaillir en traversant le ruisseau des diamants étincelants. Derrière lui Alice sauta gracieusement sur les pierres du gué, elle semblait frêle, elle s'appliquait pour ne pas trébucher, Adrien sentit qu'un grand élan silencieux le portait vers elle. Elle parut d'abord grave, comme elle était souvent, mais bientôt la compagnie des enfants la libéra, l'étau des drames qui l'avaient si fortement agitée se desserra, elle redevint sans passé, livrée au moment qu'elle vivait et se mit à rire et à courir en cercles jusqu'à ce qu'elle s'abatte auprès d'Adrien, essoufflée, son petit visage triangulaire lissé de rose, ses yeux d'ancolie empoussiérés d'or encore agrandis par un plaisir retrouvé.

— Qu'est-ce qu'on fait ? demanda Albert.

— On apprend les leçons, dit Edmond, après on en sera débarrassés.

Adrien et Albert se rapprochèrent, les filles se mirent à l'écart, Edmond prit ses livres et s'étendit sur le ventre sous un aulne, qu'ils appelaient tous vergne, l'exubérance de l'arrivée fit place à un marmonnement studieux. Parfois l'un d'eux se levait pour observer les troupeaux mais les vaches étaient trop occupées par cette herbe succulente pour vagabonder vers les peupliers ou se risquer à forcer la haie. Le premier, Albert fit sauter son livre en l'air et le rattrapa en criant : « Je sais tout ! » Il annonça qu'il allait faire un moulin, emprunta le couteau d'Adrien et se mit à chercher dans les branches les petites fourches qui lui serviraient d'assises. Un à un les livres rentrèrent dans les sacs. Edmond invinciblement attiré par le ruisseau remonta vers des piles de pierre ruinées où les morceaux brisés de dalles qui avaient peut-être été le tablier d'un ancien pont construisaient au fond de l'eau des asiles parfaits pour les écrevisses. Rosa le suivit, elle était fascinée par la façon dont le garçon repérait derrière une pierre la tache luisante, la grosse tête et les barbillons frémissants d'une loche ; il arrivait parfois à en prendre une avec un petit bocal qu'il glissait lentement derrière le poisson puis projetait si violemment en avant que la loche y restait prisonnière. Le jeu était souvent de l'éventrer pour voir palpiter les branchies. Ou bien Edmond trouvait une écrevisse en mue et Rosa avec une horreur délicieuse pétrissait dans ses doigts la chair sans carapace. Le vrai plaisir était de marcher pieds nus dans l'eau.

Adrien et Alice étaient restés seuls près de la roselière où fusaient parfois d'un vol court les boules gris et jaune des bergeronnettes travaillant à leurs nids. Entourés de l'odeur humide des menthes, ils guettaient, à l'agitation des longues feuilles, le passage furtif des invisibles rousserolles ou regardaient le frémissement vibrant des libellules, si rapide qu'on ne distinguait pas la couleur de leurs ailes, de sorte qu'on pouvait parier si, lorsqu'elles se reposeraient, elles seraient bleues ou marron. On pouvait alors les prendre en pinçant ensemble ces fragiles amandes nervurées et toucher le long corps annelé qui ressemblait en minuscule à la chaîne gainée de cuir d'un reculoir d'attelage. Les premières fois, pour voir comment c'était fait, on les arrachait.

— Je veux me cacher pour te parler, dit enfin Alice.

— Viens dans la haie, dit Adrien et, comme elle hésitait légèrement, pour se cacher, ajouta-t-il.

La haie avait été pour tous la chambre basse. Elle était faite de deux épaisses rangées d'ormes têtards et de coudriers entremêlés par les longues attaches des viornes, qui se rejoignaient en voûte au-dessus d'un grand fossé d'écoulement presque toujours sec, aux côtés moussus. Une fois franchie l'étroite musse de sanglier qui en permettait l'accès, c'était un silence ombreux, doux, secret, une cachette inviolable et ignorée du monde, qui appelait et permettait tout ce qui ailleurs eût été défendu. Quelques années auparavant, lorsqu'ils étaient encore petits et accompagnaient des bergers qui passaient leur temps à pêcher les vairons et les loches, ils avaient joué là à la joyeuse révolte de transgresser les interdits. Garçons et filles se dénudaient avec orgueil, offraient aux regards ce qui aurait dû être caché, se prêtaient aux explorations minutieuses, cambraient triomphalement leurs différences, les abandonnaient aux palpations attentives ou aux baisers de qui voulait, comparaient leurs jets dissemblables, se contentaient parfois de mutuellement et doucement se tenir. Ces jeux rebelles que les adultes auraient dits impurs étaient pour eux la révélation ingénue, l'exubérante affirmation de leur existence d'enfant. Adrien avait passionnément aimé ces moments, devinant obscurément que derrière ces mystères si naïvement dévoilés était ensevelie une énigme beaucoup plus profonde dont son corps n'avait pas encore la clé. À l'âge qu'ils avaient maintenant ces amusements n'étaient plus de mise, leurs douze ans avaient découvert la pudeur, et l'hésitation d'Alice rejetait un souvenir dont au plus secret de lui-même Adrien n'oubliait pas tout à fait la béatitude.

Dans la haie, Alice raconta. Le matin de l'enterrement de son père Cécile Brunet était venue la chercher, une femme petite au nez pointu, sans lèvres, qu'elle répugnait à embrasser à cause d'une verrue poilue sur le menton. Pour la première fois elle était entrée dans la salle de coiffure où trônait un grand fauteuil de bois aux coussins de cuir, avec un appui-tête pour le rasage, en face d'une glace dont la fêlure avait été dissimulée par une branche de lierre peinte qui en barrait tout un côté. Devant le fauteuil une pile de serviettes blanches était posée sur une grande table trouée d'une cuvette avec un robinet, à côté du broc qui servait à apporter l'eau chaude. Ce qui avait frappé le plus Alice était une rangée de différentes bouteilles de parfum, près d'une coupelle où moussait le savon à barbe et d'instruments dont l'usage lui échappait, qui devaient permettre de coiffer les jeunes filles dont les cheveux voulaient maintenant être bouclés. Cécile lui avait fait respirer les parfums qu'elle appelait du sent-bon, elle en avait même vaporisé sur elle avant de brancher le grand séchoir sur pied dans lequel Alice avait mis sa tête et senti la chaleur surprenante. Germain était revenu pour le déjeuner, il avait raconté l'enterrement de Fréchaud et nommé les gens qui étaient là, il n'avait rien dit de son père. Il n'avait pas cessé de parler de tout le repas où ils avaient mangé des radis, des asperges, un très gros lapin rôti et une tarte aux prunes sèches. Germain se versait beaucoup à boire, il avait voulu à toutes forces qu'Alice goûtât son vin. « Mais laisse donc cette petite, disait Cécile, tu vois bien qu'elle n'a pas le cœur à boire du vin. » Après le déjeuner, il lui avait montré comment la tondeuse rasait les poils, il avait retroussé sa manche et avait passé les dents grignotantes sur son bras puis il l'avait reconduite chez elle et embrassée en la remettant au vieil oncle. Elle n'aimait pas Germain.

— Il n'y a pas de secret, dit Adrien.

— Si, dit Alice.

Elle étendit son tablier sur ses genoux, prit son mouchoir, en défit précautionneusement le nœud et libéra trois petites boules noires, qui roulèrent sur l'étoffe blanche. Adrien se pencha, pinça l'un après l'autre les trois grains de plomb et les fit glisser entre ses doigts.

— C'était dans le lapin, dit Alice.

— Ça vient sûrement d'une cartouche.

— Je les ai sentis sous mes dents et je les ai mis dans ma poche. Oui, ça vient d'une cartouche. Quand papa faisait les siennes, il avait de petits sacs pleins de grains comme ça.

— Mais on ne chasse pas au mois de mai.

— Peut-être que Germain Brunet a chassé même si c'est défendu.

— Mais alors il a chassé ailleurs. On ne tue pas les lapins au fusil dans les maisons, ça ferait trop de bruit, ça coûterait trop cher. Il l'a tué ailleurs.

— Je ne sais pas. Mais ces trois grains étaient dans le lapin.

— Ça, c'est vraiment un secret, dit Adrien. Moi, je vais te dire le mien, de secret, qui m'a fait grand-peur.

Pendant qu'Alice enserrait de nouveau les grains de plomb dans un nœud de son mouchoir, il raconta l'homme qui courait, sa poursuite, la veste marron, la découverte de cette chose très froide

115

cachée, qu'il avait touchée, peut-être un fusil dit-il, bien qu'il en fût certain. Il n'était pas retourné à Champarnaud, mais c'était sûrement toujours là.

— Ça fait deux secrets parents, dit Alice, un de peut-être fusil, un de cartouche. On ne les répète à personne.

— À personne, dit Adrien. Autrement ça ne serait plus des secrets.

Il se pencha vers la petite fille, l'embrassa gauchement sur la joue, près d'une petite boucle de cheveux clairs qui frissonnaient, et s'éloigna brusquement d'elle comme si cette douceur l'eût brûlé. Elle le regarda de ses yeux que la lumière du fossé assombrissait, et qui prenaient maintenant la couleur irisée de l'encre de l'école.

— C'est vrai que t'as plus de père, toi aussi ?

— J'en ai jamais eu avant, dit Adrien. Maintenant j'ai Fernand Jublin, mais ça n'est pas mon vrai père. Maman n'est pas ma vraie mère, l'autre j'étais trop petit, je... je ne m'en souviens pas beaucoup.

Il n'osa pas dire que la joue d'Alice l'émouvait comme lorsque d'anciennes images brouillées resurgissaient.

— Est-ce que tu es malheureux ? dit Alice.

— Moi ? Non. Ça dépend. Et puis j'ai Albert et les autres et puis je t'ai, toi.

— Moi, je suis malheureuse, dit Alice. Depuis que mon papa est mort maman me serre contre elle à m'étouffer mais ça n'est pas moi qu'elle

116

serre, elle ne me voit pas, je le sais bien. Mon père l'a un peu emmenée avec lui, j'ai plus ni père ni mère. Oui, c'est tragique.

Elle fixa longuement Adrien et décida .

— Je veux que tu restes toujours avec moi.

— Croix de bois, croix de fer, dit Adrien soulevé de bonheur.

VII

MME PAPOT

Mme Papot était une petite vieille dame impeccablement habillée de noir, jusqu'au tablier de
satin dont elle fixait le haut sur son corsage avec
deux épingles à tête noire, et sur lequel pendait
son lorgnon retenu par un cordon autour de
son cou. La poche d'un bonnet de mousseline
noire, dont le rebord amidonné était tuyauté au
fer, enserrait des cheveux blancs, partagés par
une raie dont on voyait juste la naissance. Son
emphysème, qui la faisait parfois haleter, était
peut-être cause d'un teint gris plombant un gros
visage aux rides profondes, au nez sans grâce,
aux yeux enchâssés dans de lourdes poches de
peau jaunie, mais dont le regard n'était que
bonté. Assise dans son fauteuil devant la fenêtre
d'où elle ne voyait qu'un étroit jardin de fusains
et de buis limité par un mur qu'un grand noisetier
semblait rompre, elle reposait le journal sur ses
genoux, haussait les sourcils pour que son lorgnon tombe, restait songeuse et faisait pour elle-

même un geste où sa main levée, puis lentement retombée, paraissait plaindre tous les malheurs qu'elle venait de lire et absoudre la pauvre espèce humaine qui les causait.

Elle avait voulu dans sa jeunesse devenir institutrice, et bien que ses parents eussent redouté un savoir trop profane elle était allée jusqu'à l'École normale et avait enseigné un moment dans une classe de maternelle. Son père avait finalement gagné en la mariant très tôt à un beau parti.

Abraham Papot, son mari, était un homme sec et maigre, aux bras puissants, dont le physique avait fini comme chez certaines personnes très croyantes par prendre les formes qu'il donnait à sa religion. Sa foi profonde l'avait engagé à devenir pasteur, quand la mort de son père l'avait contraint à continuer d'exploiter les carrières qui avaient enrichi sa famille. Toute sa vie, levé à cinq heures, il avait fourni aux entrepreneurs du canton du tout-venant, des gravillons, du sable blanc très fin fait de petits coquillages fossiles qui se pulvérisaient au toucher, des pierres qu'on appelait « de rang » parce qu'elles étaient extraites de la même couche d'une petite falaise de calcaire stratifié et avaient toutes la même hauteur ; ou bien il séparait avec ses ouvriers de gros blocs à tailler, en bourrant de poudre les trous faits à la barre à mine, ou en y calant à force du bois très sec qu'il suffisait d'arroser pour que son gonflement fendît le rocher.

La vie d'Abraham avait été pieuse et austère Quand le travail le permettait, il aidait Louise à cultiver le jardin entourant la maison qui de tout temps avait abrité sa famille. Dans la grande pièce où on vivait et dormait, près de la souillarde où Louise faisait la cuisine, il s'asseyait le soir venu sur un des bancs encadrant la table, près du tiroir à pain, et faisait tout haut ses comptes, que Louise transcrivait à la plume sur de grands registres entoilés de noir. Louise rédigeait sous sa dictée les factures, sur lesquelles elle calligraphiait les pleins et les déliés du « Doit ». Le samedi, Abraham tirait de l'armoire un sac de cuir, payait ses ouvriers, se payait lui-même en donnant à Louise ce qu'elle demandait, puis trinquait avec ses hommes en remerciant le Seigneur du travail accompli. Ses mains rugueuses s'appliquaient à compter ce qui grossissait chaque semaine dans le sac, et qui deviendrait un jour un versant de vallée déchaumé dont les strates différentes montreraient de nouvelles pierres de rang. Louise garnissait la soupière de tranches de pain sur lesquelles elle versait le bouillon, en surveillant ce qui mijotait sur les braises du potager, Abraham allait prendre au cellier la bouteille dont il verserait une lampée dans sa soupe chaude. Son seul luxe était de manger beaucoup et de boire du vin dont son grand corps maigre avait sans doute besoin pour les efforts que demandaient les carrières. À la veillée, Abraham posait la lampe sur le manteau de la cheminée et ouvrait sa Bible. Les mentions des pages de garde qui depuis des générations enregistraient la succession des grands événements familiaux, du baptême à la mort, s'arrêtaient à leur mariage.

Abraham aimait sa femme d'une affection tranquille où le péché de chair comptait peu. Il s'était dit que Dieu ne leur avait jamais donné d'enfant pour l'en détourner. Dans leur vie la plus intime, il n'avait jamais vu Louise autrement qu'ensevelie dans une longue chemise de nuit serrée au cou, où s'ouvrait à l'endroit du sexe un carré de toile retenu au sommet par deux boutons et qui, libéré, retombait en découvrant ce qu'il fallait du corps pour une étreinte. Ignorante de tout ce qu'elle perdait là, Louise en avait eu pourtant l'obscur regret. Longtemps elle avait écouté en elle une faim dévorante dont elle ne connaissait pas l'objet, et que les années avaient éteinte sans la rassasier.

Abraham était mort pour avoir calculé trop court la mèche d'une mine : il courait encore pour s'abriter quand l'explosion avait projeté les éclats d'une roche coupante qui lui avaient presque enlevé une jambe et ouvert les reins. Pendant des années Louise avait lentement vieilli, priant souvent, d'une façon qui avec l'âge était devenue presque machinale, comme si sa foi n'avait été que l'écho de celle de son mari et s'assourdissait peu à peu. La lampe avait été remplacée par une ampoule électrique dont le fil à contrepoids s'allongeait jusqu'à s'accrocher à une mince tige de fer pendue à une poutre devant la cheminée, et plus souvent que la Bible Louise y lisait les romans d'amour encartés dans *Le Petit Écho de la mode* : deux pages qu'il suffisait de plier deux fois pour obtenir des cahiers de huit feuillets, qu'elle cousait ensuite les uns aux autres avec une couverture de carton sur laquelle elle calligraphiait seulement le titre, comme si pour elle ils eussent été tous du même auteur. La location des carrières lui avait permis d'être généreuse, une qualité qui surprenait toujours le village où rien ne se donnait jamais sans contrepartie. Elle s'était longtemps occupée des malades, des veuves de journaliers pauvres, auxquelles arrivait sans qu'on sache d'où une charretée de bois pour l'hiver ou un coupon d'étoffe. Cette bonté s'arrêtait aux humains : Louise avait gardé de sa jeunesse paysanne une indifférence complète devant la souffrance des animaux, dont la chair était seulement une récolte comme le foin des prairies ou le blé des champs. Quand elle était enfant, elle avait comme les autres joué au ballon avec des crapauds, asséné de sauvages coups de bâton entre deux chiens qu'un accouplement maladroit avait collés queue à queue, ou coupé les pattes de grenouilles qu'elle n'imaginait pas plus vivantes que l'ail avec lequel leurs cuisses allaient cuire. Cette insensibilité, qui peuplait de froids égorgements quelques moments des fermes, contrastait chez Louise avec la vive affection qu'elle portait à une tourterelle en cage, dont certains roucoulements annonçaient la pluie.

Elle avait longtemps vécu seule, puis l'emphysème, compliqué de fréquentes alertes d'un cœur devenu fragile, l'avait obligée à rester de plus en plus longtemps dans son fauteuil et conduite à engager une servante. Maria soignait la basse-cour, faisait le jardin, le ménage, les cuivres, la vaisselle, la grande lessive deux fois par an, remuait chaque jour avec une canne de noisetier les feuilles sèches de maïs gonflant les paillasses et égalisait le duvet des couettes dans les deux grands lits à baldaquin installés pied contre pied au fond de la pièce et dont les rideaux ouverts le jour montraient les riches couvre-pieds piqués et les édredons. Mme Papot avait seulement voulu conserver la maîtrise de la cuisine, où elle excellait.

*

Elle avait attaché un lapin par les pattes de derrière, l'avait pendu à la barrière séparant la cour du petit jardin, lui avait arraché un œil de la pointe de son couteau et lui maintenait les pattes de devant pour que le filet de sang coule de l'orbite dans la terrine qu'elle tenait maintenant de l'autre main ; le lapin poussait un petit cri continu, perçant, si aigu que les chiens hurlèrent ; parfois ses soubresauts faisaient sauter le filet rouge hors

124

de la terrine, obligeant Mme Papot à s'écarter et à le maintenir bras tendu pour éviter les éclaboussures de sang, elle disait alors tout bas et très doucement : « Sale petite bête, tiens-toi donc tranquille. »

Elle avait l'oreille assez fine malgré le cri du lapin pour entendre le portail s'ouvrir très doucement derrière elle, et deviner le pas furtif.

— C'est toi, Adrien ?

— Oui, madame, dit Adrien, glacé par ce qu'il voyait.

— Je tue un lapin. Il y a un reste de crème à la vanille, tu demanderas à Maria, elle est dans le grand jardin.

— Merci, madame, dit Adrien.

Il courut derrière la maison. La moitié du jardin était maintenant en herbe, on n'avait gardé près des poiriers et des pêchers que les quelques carrés nécessaires aux légumes de la maison et le long de la route une étroite plate-bande de groseilliers pour les confitures. En gros souliers d'homme, mollets nus, Maria bêchait un carré pour y repiquer les plants de tomates étendus dans un cageot qu'elle avait glissé à l'ombre sous la brouette de fumier. À chaque pesée sur la bêche, l'énorme masse de cheveux blancs qui l'auréolait tremblait comme une crinière léonine. Quand elle vit Adrien, tout son visage fatigué s'éclaira, elle planta fortement sa bêche et ouvrit les bras.

— Voilà mon petit soleil, dit-elle en riant. Je me disais bien aussi qu'il me tardait de t'embrasser.

Elle remarqua tout de suite le visage tendu d'effroi du petit garçon.

— Viens ! dit-elle, moi aussi je ne peux pas supporter ce cri. Elle n'est pourtant pas méchante.

Elle l'entraîna en haut du jardin près des deux cyprès du cimetière où reposaient Abraham et les siens. Dans un repli d'une haie de buis odorant on avait autrefois aménagé pour favoriser les souvenirs pieux un banc sur lequel elle s'assit et attira Adrien. On n'entendait plus rien. Elle expliqua :

— C'est pour la sauce, elle se sert du sang. N'y pense plus, mon trésor. Quand je t'aurai bien câliné, je te raconterai une histoire.

— D'où venaient les bois, dit Adrien.

— L'ébène et l'okoumé, d'accord.

Adrien déboutonna son col et plongeant la main sous sa chemise en tira une feuille de papier qu'il avait mise là pour ne pas la plier. C'était une carte de France très bien dessinée, aux mers et fleuves bleus, aux reliefs marron. Il la lui tendit.

— C'est pour toi, je l'ai faite sans calque.

— Elle est magnifique.

— Le maître m'a mis neuf. J'ai juste indiqué deux villes, parce que c'était « Réseaux fluviaux et chaînes montagneuses », j'ai mis Paris capitale et Niort capitale du département.

— C'est chef-lieu.

— Je sais mais pour nous c'est notre capitale. J'y suis allé une fois.

— On ira tous deux acheter une grenouille en angélique, on demandera au vieux père Mainson de nous prendre dans son charreton.

— Avec Albert ?

— Avec Albert si sa mère veut bien. Et toi, si ta mère veut bien, cet été, on prendra le train, je t'emmènerai à La Rochelle. Il faut que tu connaisses la mer. On couchera chez une amie que j'ai encore là-bas. Mon Dieu, que ça me ferait plaisir de la voir !

— On verrait des bateaux ?

— Bien sûr ! Dans le port, ça n'arrête pas, ils sont rangés presque à touche-touche.

— On mangera des huîtres ?

— Pourquoi pas ? Tu aimes ça ?

— J'en ai mangé une fois. On n'est que trois dans la classe à les aimer.

C'était l'habitude, vers le quinze août, de partir en fête à deux ou trois familles dans les chars à bancs jusqu'à l'anse de l'Aiguillon et de patauger jusqu'aux rochers qui ne se découvraient qu'aux grandes marées. On y décollait des paniers de petites huîtres au goût très salé, dont on enfouissait ensuite les coquilles dans les vignes pour améliorer les terres en calcaire.

— Alors on mangera des huîtres, dit Maria. Ta carte est splendide, je me demande comment tu peux savoir tout ça, moi j'ai tout oublié. Le plateau de Lannemezan, tiens ! Je n'avais jamais su où c'était. Tu dessines très bien.

— Surtout les cartes, dit Adrien.

Dans un plancher du hangar aux charrettes et aux outils où il grimpait par une échelle que Clémence lui avait pourtant défendue à cause de sa hauteur, il avait découvert au milieu de fagots qui séchaient là un espace vide ; il avait suffi d'une planche posée en pupitre pour en faire un cabinet de travail aérien, salle des cartes de navire amiral, nacelle de ballon, de laquelle on voyait jusqu'aux premiers murs de pierres sèches des coteaux et au-delà des épaisses forêts d'okoumés, de niangons ou de baobabs. Là, caché de tous, observant les allées et venues de la ferme, il dessinait terres et mers avec une délectation qui le transportait très loin au-delà de ses frontières, coloriant des rivages riches de criques de contrebande, de grottes de basalte résonnant sous l'assaut des vagues où on tirait les barques au sec sur des plages secrètes, de falaises où s'allumaient les feux des naufrageurs. C'était une aventure de s'appliquer à tracer les contours des pays auxquels leur coloriage ajoutait un plaisir inconnu, presque émouvant. Il aurait voulu que Mme Lortier le fasse dessiner lui aussi, mais c'était pour les filles.

— On va passer par-derrière, dit Maria, je ne veux pas que tu la voies en train de peler ce lapin.

Je mettrai ta carte dans le tiroir de ma table de nuit, c'est là que j'ai mes trésors. Mais dis donc ! Alors, on ne m'embrasse pas, aujourd'hui ?

Adrien se précipita sur la vaste poitrine où il se tapit comme un lièvre au gîte, pendant que Maria le couvrait de baisers sonores entrecoupés de mots doux, puis de petits baisers chatouilleux sous lesquels il riait aux éclats. Passé cette rage tendre, ils restèrent tous deux immobiles, Adrien blotti dans la chair blanche d'un cou où sa main jouait avec de minuscules excroissances de peau roulant sous ses doigts, Maria les lèvres posées sur le front du garçon, le visage embelli d'une joie rêveuse. Ces effusions étaient devenues une sorte de rite et c'était parfois Adrien qui embrassait sauvagement sa vieille amie rayonnante et criant : « Tu m'étouffes ! » Une seule fois, dans son emportement, le garçon avait déboutonné le haut du corsage et prolongé goulûment ses baisers vers plus de peau, plus de douceur. Maria l'avait repoussé presque brutalement et son visage était devenu soudain dur et sévère.

— Je me suis souvenue du nom d'un arbre qui arrivait aussi par les bateaux, dit-elle, c'est l'iroko, je crois que ça pousse dans un pays de l'Afrique qui s'appelle Côte de l'Or, il faudra que tu cherches sur la carte.

— La Côte de l'Or ? Il doit y avoir des rivières qui charrient de l'or.

— Ou des mines, il y a de tout dans ces pays-là, même des diamants. L'ébène, c'est une autre affaire, ce serait trop long à raconter. Je vais juste te donner une bonne crème à la vanille avec des petits-beurre, je poserai ta carte précieusement, et il faudra que je retourne à mes tomates.

Ils se levèrent et firent le tour de la maison en se tenant par la main. Devant la petite porte donnant sur les buis Adrien s'arrêta.

— Le voyage à La Rochelle, dit-il timidement, tu l'as dit en vrai ?

Maria hésita.

— Non, pas tout à fait. Je ne peux pas bouger d'ici. Mais j'essaierai, ça je te le promets.

*

— Il me faudra du vin pour le civet, cria Mme Papot de la souillarde.

— J'y vais, dit Maria.

— Une bouteille et une demie, ce soir on boira du vin. Prenez du bouché, de l'ordinaire, ce serait quand même dommage, avec ce lapin.

Maria soupira : c'était donc décidé. Elle revint avec les bouteilles, les déboucha, porta la petite à la vieille dame qui s'affairait.

— Est-ce qu'il y a encore des braises dans la cheminée ?

— Oui, je vous les apporte, dit Maria.

Elle prit au feu une pelletée de braises rouges et les fit glisser dans un des trous du potager bâti

130

dans un renfoncement du mur et carrelé de faïences à dessins. Au fond du trou, sur la grille, les braises anciennes rougeoyaient encore. Par les orifices du bas Maria essaya d'enlever les cendres mais elles étaient trop chaudes.

— Bon, dit-elle, je vais arroser mes tomates.

Elle sortit, respira avidement une grande gorgée d'air, oublia le jardin où les tomates avaient déjà été arrosées et gagna le cellier ; devant la porte la tourterelle sautilla dans sa cage. Elle entra dans le long renfoncement légèrement enterré, accoté à la grange qui le couvrait de son toit. Un jour maigre venant d'un trou du mur défendu par un grillage éclairait tout au fond des tonneaux vides aux douelles moisies et de vieux outils aux manches vermoulus, au milieu d'un fourre-tout recouvert de la fine poussière de terre désagrégée du mortier des murs et sur lequel régnaient les araignées. Un rempart de planches maintenait la récolte de pommes de terre, près des claies à fruits et d'un casier à bouteilles au-dessus duquel tombait encore, accrochée à un clou de la poutre, la ficelle où Abraham pendait ses bécasses. Contrastant avec ce désordre, une niche ménagée dans le mur avait été tendue d'une étoffe sur laquelle étaient rangés des boîtes de fer, un bougeoir et des allumettes, quelques flacons, une bourse de cuir. Maria s'assit à côté, sur une chaise basse, enleva ses gros souliers, mit des chaussures légères et resta un moment immobile, les mains sur les genoux. Elle regarda les bouteilles rangées, la place vide de celles qu'elle avait prises. Une très ancienne haine, sa colère froide et humiliée renaissait dans ce lieu d'ombre où par une sorte d'entente tacite Mme Papot ne venait jamais. « Qu'est-ce que je vais faire ? », dit-elle tout haut. Elle savait qu'il n'y avait rien d'autre à faire qu'à subir, à prendre le paquet de tabac dans une boîte, à rouler une cigarette, à attendre.

Il était rare qu'on bût du vin dans la maison, et c'était toujours Mme Papot qui le décidait, et c'était toujours le soir. Maria savait qu'après seulement quelques verres un état brumeux la noyait, dans lequel elle était soudain prise d'une loquacité irrésistible qu'elle ne contrôlait pas. Et elle savait aussi que, dans le sommeil qui suivait, ce débridement devenait la cause et le sujet de rêves qui révélaient ce qu'elle avait de plus précieux et de plus secret, dont elle gardait au réveil un souvenir confus, éclairé çà et là d'images très précises qui la poignardaient. « Est-ce que je parle en dormant ? », demandait-elle d'un ton faussement léger, et Mme Papot confirmant ses craintes avait répondu : « Ça vous arrive, eh oui !, ça vous arrive. » Toujours les mêmes, ces rêves étaient à la fois délices et tourments, elle y revivait ses étreintes avec Louis, mais aussi avec d'autres, et la douleur était qu'elles devinssent semblables. Mais c'était toujours Louis qui surgissait au début du rêve, si réel qu'il ne semblait pas appartenir au sommeil. Il s'étendait près d'elle, elle lui parlait, retrouvait son corps sous ses mains, le détaillait, le parcourait de sa bouche, le dévorait, puis prise d'une faim qu'elle exprimait violemment, appelait ses caresses, dirigeait et nommait ses gestes, entrait dans des régions souterraines, fangeuses, éblouissantes, qui demandaient des mots brutaux et interdits, l'encourageait, le suppliait, le remerciait, l'injuriait. Le plus souvent, avant même qu'elle ait été conduite au plaisir, le rêve devenait d'un blanc argenté où s'agitaient des formes imprécises. Il arrivait aussi que brusquement le visage de Louis et son corps fussent changés en ceux d'un inconnu qui l'emportait dans des hauteurs d'amour dont seul Louis aurait dû être maître, et qui s'effaçait lui aussi après l'avoir sauvagement aimée. Puis les fumées du vin et celles du rêve la conduisaient à un sommeil de pierre, jusqu'au moment où lourde des images de sa nuit elle se levait pour aider Mme Papot à s'habiller. La vieille dame avait parfois dans le regard ces matins-là une sorte d'horreur fascinée. Sur la table de nuit, le verre d'eau dans lequel Maria avait compté la veille les cinq gouttes de digitaline qu'il fallait boire en cas de palpitations trop violentes du cœur était vide. À l'idée qu'on l'avait écouté vivre son rêve, Maria avait soudain le sentiment glacé d'un viol, comme si ce qui illuminait encore l'existence, non pas les gestes de l'amour mais l'état de bonheur pur, la communion lustrale auxquels ils conduisaient, avait été saccagé, détruit, assassiné.

Elle ralluma sa cigarette éteinte, regardant sans la voir la sphère parfaite d'une fleur de poireau montée en graine qu'elle avait accrochée au mur, si fragile qu'un souffle d'air imperceptible la balançait. Elle dit une nouvelle fois tout haut : « Qu'est-ce que je dois faire ? » Puis elle se décida.

Maria mit le couvert, apporta les artichauts et la vinaigrette. Assises en face l'une de l'autre, elles mangeaient en silence. Avec le civet Mme Papot revint au sujet qui la hantait depuis que le double meurtre avait bouleversé le village : pourquoi avait-on tué ? Si c'était pour rien, tout le monde pouvait se sentir menacé. Le premier jour elle avait demandé à Maria de nettoyer le fusil à chiens d'Abraham qui dormait dans l'horloge à côté du balancier et qu'elle n'avait pas voulu donner pendant la guerre à la réquisition ; pesamment elle était montée au grenier malgré son essoufflement, et avait trouvé dans la boîte aux affaires de chasse quelques vieilles cartouches à broche. Le fusil était maintenant accoté à l'horloge, chiens baissés, la peur ainsi conjurée s'était changée en inquiétude, mais surtout en une intense curiosité.

— Vous ne me ferez pas croire qu'il y a de

l'argent là-dessous, disait-elle. Si c'était ça, on le saurait. Si c'était une histoire de terre, on le saurait aussi. Alors, dites-moi pourquoi.

— Mangez donc ! disait Maria, ce sera froid.

— Vous ne buvez pas, ma belle, c'est pourtant du bon vin. Resservez-vous.

Maria se resservait un grand verre de vin, buvait une gorgée, allait dans la souillarde en tenant son verre, revenait avec le verre presque vide.

— Un accident, disait Mme Papot, je le comprends. Dieu commande et ses volontés sont impénétrables. Mais la mort donnée par un assassin, puisqu'il faut bien l'appeler comme ça, ça demande déjà justice sur terre.

— Oh ! La justice ! disait Maria.

— Il faudra pourtant bien qu'on le retrouve. Et il aura la tête tranchée.

— Et le pardon, qu'en faites-vous ? Et si c'était une femme ? disait Maria par jeu.

— Voyons ! Vous n'y pensez pas !

— Une femme qui aurait couché avec Varadier et qu'il aurait voulu quitter, qui se serait vengée.

— Oh ! C'est abominable, ce que vous dites là.

— J'en dis bien d'autres, non ?

— Bien sûr que c'est un homme, un mauvais sujet.

Maria pensa qu'elle aussi sans doute était un

mauvais sujet. Elle songea à La Rochelle, elle était devant le port, tenant la main d'Adrien. Par bonheur la bouteille était déjà presque vide, elle avait fait plusieurs fois le manège de la souillarde. Elle vit l'œil du lapin giclant de l'orbite sous la pointe du couteau.

— Vous l'avez bien réussi, ce lapin.

— N'est-ce pas ? C'est que ce vin le soutient bien, aussi. Mais buvez donc, Maria, votre verre est vide.

— Vous finirez par me tourner la tête avec votre vin.

— Bah ! Il n'y a pas de gros tant mieux qui n'ait son petit tant pis... !

Mme Papot trempait ses lèvres dans le doigt de vin qu'elle avait à peine touché depuis le début du repas. Maria se versait un autre grand verre, partait vers la souillarde avec un plat en portant son verre à ses lèvres et le posait au retour sur la table plein d'un vin devenu très rose. Quand elle eut desservi il faisait presque jour encore, Mme Papot se mit dans son fauteuil avec son journal, qu'elle posa sur ses genoux, et voulut évoquer la visite d'Adrien, mais Maria répondait à côté et se parlait à elle-même. La vieille dame demanda de la lumière, déplia son journal sur la table et lut un moment pendant que Maria fermait les volets, poussait les verrous et tirait un petit rideau sur l'œil-de-bœuf éclairant l'ancien évier qui avait maintenant un robinet et servait à la toilette.

— J'ai la tête qui tourne, dit Maria, j'irais bien me coucher.

— Ma foi, je veux bien. Est-ce que vous avez couvert la cage de ma petite tourte ? Oui ? Alors donnez-moi donc mes gouttes, ma belle.

Maria rapporta de la cuisine un verre d'eau, prit dans le tiroir de la table de nuit le flacon et le compte-gouttes.

— Cinq, pas plus, dit Mme Papot. Dire que ce poison me fait du bien ! Les digitales, on appelait ça autrefois les gants-de-Notre-Dame, on s'en méfiait et maintenant c'est un médicament.

— N'empêche que ça ralentit votre cœur quand il s'emballe.

— Mon pauvre cœur, je ne sais pas s'il va tenir encore longtemps, ça cogne, là, ça cogne.

— Taisez-vous donc, vous êtes solide, plus solide que moi, ce soir j'ai la tête tout embrumée.

Mme Papot but, en se plaignant comme chaque soir d'un goût amer auquel elle avait pourtant fini par s'habituer. Maria l'aida à se déshabiller, lui passa sa longue chemise de nuit, changea son bonnet après avoir ôté les épingles de son chignon et lui apporta le tabouret grâce auquel la vieille dame, s'aidant de l'épaule qui s'offrait, se hissa sur le lit ouvert. Elle s'étendit avec de grands soupirs.

— Dieu me pardonne, dit-elle, je dirai mes prières couchée et dans le noir. C'est que je ne me sens pas tellement bien. Au cas où ça me prendrait cette nuit, Maria, préparez-moi donc un autre verre. Cinq gouttes, pas plus, dit-elle pendant que Maria débouchait le flacon.

— Pas plus, dit Maria. Voilà, c'est fait. Voulez-vous la petite lampe ?

— Ma foi, oui. Et vous ne tirerez pas mes rideaux, j'étouffe bien assez comme ça.

Maria alluma la veilleuse, dont elle réduisit la mèche au maximum, et pendant un instant l'allumette qu'elle tenait encore éclaira par en dessous son visage, dont les traits durcis par les ombres lui donnèrent l'expression énigmatique d'une prophétesse avant l'oracle. Elle se déshabilla en silence et monta sur son lit, où elle s'assit, elle entendit la vieille dame dire « Bonne nuit », mais ne répondit pas. Elle attendit. Un rai de clarté nocturne passant par la fente des volets venait frapper l'armoire dont le merisier luisait sombrement. Elle avait peur. Au bout d'un moment elle se décida. Toujours assise, les yeux fermés, elle marmonna puis appela Louis. Mais alors qu'en rêve et sans qu'elle le veuille il était instantanément devant elle, il lui fallut un moment pour le reconstruire tel qu'il était dans sa gloire, dansant la valse en glissant, comme soutenu par un fil, puis dans une autre image nu près d'elle. Fermant les yeux, elle parcourut le corps de Louis de ses mains, de sa bouche, vint s'enfouir dans un duvet blond, nommant et chérissant ce qu'elle découvrait, puis elle s'étendit près de lui et appela ses gestes, mais ce qui en rêve était toujours le même plaisir intact la lacérait maintenant de douleur ; rien n'avait plus la légèreté et la vérité des songes, elle était là, sur ce lit, réelle et pesante, et celui que le rêve unissait à elle d'une même chair n'était plus qu'une image que sa main ne touchait pas, qui se délitait sous ses paroles et bientôt ses grands mots de possession étreignirent le vide. De grosses larmes inondèrent son visage pendant qu'elle continuait à guider un fantôme, par des voies secrètes et sombres où la violence et la grossièreté s'étaient autrefois ennoblies, mais dont elle n'entendait plus que la bassesse et la trivialité. Cette sauvage douceur qui l'avait si souvent conduite hors d'elle-même vers des éblouissements où un Dieu peut-être l'attendait devenait, sous les paroles privées de l'aura du rêve qui la décrivaient sans la ressentir, une fornication besogneuse et obscène, telle exactement que Mme Papot l'écoutait comme une révélation inouïe, une découverte stupéfiante et d'évidence diabolique, dont l'horreur l'ensorcelait bien qu'elle sût qu'elle en serait punie. Maria se disait dans ses pleurs que depuis des mois, dans chacun de ses rêves issus du vin, elle avait donné de son amour cette image qui le salissait, et c'était pire soudain que le sentiment d'être violée dans son bien le plus intime, maintenant dénaturé et rabaissé : Mme Papot, pétrifiée là-bas dans son lit, écoutait une marie-salope.

Secouée de sanglots, Maria se tut. Peut-être avait-elle perçu du bruit dans l'autre lit, un corps qui se retourne, une main qui cherche, elle ne savait plus. Elle avait froid, le silence lui était soudain un immense soulagement. Elle ouvrit les yeux, retrouva d'abord la mince lueur luisant sur le bois de l'armoire puis l'étroite clarté de la veilleuse. À ce moment un râle profond partit des rideaux de Mme Papot, emplit la pièce d'une plainte presque inhumaine qui semblait ne pas devoir finir, jusqu'à ce qu'une sorte de hoquet la coupât brusquement. Maria bondit, se précipita vers la porte où un bouton commandait la lumière. Elle vit d'abord le désordre du lit, un poing serré qui se décrispait lentement, le verre vide renversé, les draps rejetés puis le visage de la vieille dame, dont l'expression d'épouvante se pacifiait peu à peu. Elle cria : « Madame ! Madame ! », elle secoua violemment le corps inerte, dont la bouche et les yeux ne se fermaient plus. Le visage dans ses mains, balançant la tête indéfiniment dans un refus impossible, Maria répétait sans cesse : « Madame ! Madame ! Mon Dieu ! Mon Dieu ! » pendant que des larmes lourdes, lentes, sillonnaient ses joues. Son combat de bête fauve défendant ce qui comptait plus que sa vie la quitta brusquement, la mort qu'elle voyait dépassait tout, effondrait tout. Elle se sentait vide, abandonnée. Par éclairs il lui semblait que quelque chose d'elle aussi était mort, un lien puissant, peut-être une ancienne et sourde fureur, quelque chose qui jusque-là l'avait charpentée. Les larmes coulaient d'elle comme d'une source, sans un sanglot. Elle s'assit près du lit, prit la main sans vie qui devenait froide. Longtemps après elle se ressaisit, ferma les yeux de la vieille dame et pendant qu'elle lui resserrait les mâchoires d'un bandeau la revit douloureusement dans des images apaisées, tournant des crêpes dans la cheminée, ou assise avec sa Bible devant le feu, ou lisant ses romans près de la fenêtre. Elle mit dans les mains inertes, comme elle aurait fait dans ce qui avait été sa religion à elle, la petite croix huguenote avec sa colombe et ses larmes d'or, qui était le seul bijou de Mme Papot. Elle se surprit à murmurer des phrases dans lesquelles elle reconnut des bribes des prières de son enfance. Elle se dit que le Bien et le Mal se mêlent indéfiniment.

VIII

LORTIER

Lortier sortit par la porte de la vallée, mais délaissant le petit routin des blaireaux et des renards suivit le chemin qui montait au nord vers les bois. Comme tous ceux qui s'éloignaient du village pour travailler dans les champs, il avait pris son fusil, sans trop y croire, surtout pour rassurer Mo. C'était étrange de voir des hommes, assis sur le petit siège de toile des tombereaux de fumier qu'on appelait le porte-feignant, l'arme en travers des genoux, ou plantant un champ de topinambours, le fusil accroché aux ridelles de la charrette ; la vue de ces armes qui presque toutes avaient déjà été inspectées par les gendarmes rappelait un danger errant, invisible, où l'adversaire était inconnu.

Au sommet de la montée, sur un plan d'herbe semé d'orchis, Lortier se retourna comme d'habitude : de ce côté le mur de défense de la maison, maintenant coupé par le grand portail, ne laissait voir que les toits et la tour, auxquels il donnait l'assise lourde et trapue d'un lieu sûr de sa force. Un grand feu d'herbes allumé du côté du potager dégageait une fumée blanche au-dessus de laquelle dansaient des pointes de flamme, et ces rougeoiements évoquaient l'affrontement d'un combat contre lequel la maison tenait bon de toute son épaisseur. Certains jours pourtant ses défenseurs avaient dû fuir par des chemins souterrains dont Lortier avait depuis longtemps renoncé à reconnaître le dédale. Au fond du puits, presque à hauteur de l'eau, un puisatier avait découvert un boyau maçonné qui évitait la roche et partait vers les terres du nord avant de s'effondrer une dizaine de mètres plus loin. Dans une des caves, un renfoncement voûté, dont le départ en chicane pouvait être défendu par un seul homme, s'enfonçait dans la même direction et se fermait sur un infranchissable amas de pierres et d'argile. La terre sur laquelle Lortier marchait librement était taraudée de caches, de souterrains, de refuges, il se demandait si dans chaque lieu habité la même vieille peur n'avait pas conduit les hommes à ces travaux de taupes, comme si le seul choix possible était de combattre ou de fuir et se cacher. Dans la ferme de Nègressauve, vers laquelle il marchait maintenant, l'esprit vagabond, un valet qui plantait en terre sous le hangar une petite enclume à battre les faux avait rencontré un carrelage, au milieu duquel on avait dégagé une trappe qu'une botte de paille suffisait à dissimuler. Lortier et le fermier, encordés, munis de pioches et de lanternes, étaient descendus par un étroit couloir jusqu'à une sorte de grotte naturelle dont la voûte calcaire était soutenue par endroits de maçonneries grossières, mystérieusement aérée, très grande, vide ; à la lueur des lanternes ils avaient déchiffré sur une paroi, peinte au bleu dont on colorait les charrettes, l'inscription CRAINS DIEU, sans qu'on puisse savoir si cet ordre était une objurgation à l'endroit de ceux qui tremblaient là pour leur vie, ou une menace punissant ceux, là-haut, qui égorgeaient et torturaient.

Avant d'arriver à Nègressauve Lortier prit à droite vers les bois. Il voulait voir si la repousse des taillis suivant les coupes d'hiver avait commencé. Lui-même, bien que le bruit de la hache lui fît parfois mal, avait dû donner son propre bois à faire à moitié, comme on disait, en demandant qu'on lui laissât quelques fagots pour les flambées. Enfant, il avait vu son grand-père faire seul la coupe, plus tard garder le bois de cognée et laisser le bois de serpe aux journaliers qui travaillaient avec lui, plus tard encore la donner à faire en abandonnant la moitié du bois. On vieillissait en faiblissant, à l'inverse des arbres. Et lui marchait moins bien depuis quelque temps, la hanche était douloureuse, le cœur battait trop

145

vite, l'esprit errait de plus en plus vers des fantômes, s'accrochait de plus en plus à l'espoir des
jours encore à venir.

La terre changea, devint moins sèche, il traversa un grand pré d'herbe rase piqué de gené-
vriers, où poussaient des orchis-abeille, au bout
duquel des châtaigniers séculaires montaient la
garde ; par un effort irrésistible dont on n'entendait pas le halètement, leurs troncs énormes
s'étaient vrillés lentement en épousant pendant
des centaines d'années la rotation de la terre dont
ils étaient devenus le prolongement spiralé.
Derrière les châtaigniers le chemin traversait des
taillis épais, ficelés de viornes, où la blancheur
des fleurs d'épine pâlissait déjà, et dont la fourrure cessait brusquement pour découvrir la nudité
des chênes qui attendaient, bras levés, émergeant
souverainement d'îlots de fougères et de petits
taillis. Lortier prit un sentier de terre molle et
d'herbe que le soleil de mai n'avait pas encore
séché, où ses pas s'étouffèrent. Il s'arrêta dans un
endroit très dégagé où des sangliers avaient ver-
millé et, comme il faisait souvent, s'adossa à un
tronc, attendant de devenir lui-même forêt. Il
n'entendait pas d'oiseaux sauf parfois le cri aigre
des geais et, très loin, l'acharnement obstiné d'un
pic. Aucun vent n'agitait les feuillages neufs,
puissants, luisants, dont le relief s'atténuait avec
la distance de sorte qu'ils semblaient de loin des-
sinés sur le bleu joyeux d'un ciel parcouru par les

voiles gonflées des nuages. Près de lui de petits hêtres encore graciles étageaient leurs feuilles en volants festonnés, il en prit une au bord godronné, qu'il mâcha comme aurait fait un chevreuil. En face, un vieux chêne indestructible dont tout un côté avait été fendu et calciné par la hache ardente de la foudre poussait la vigoureuse moitié de sa frondaison pendant qu'à son pied d'autres chênes hauts comme un doigt et ne possédant que deux ou trois feuilles sortaient irrésistiblement de terre. Lortier écouta, immobile, le formidable élan de renouveau de la forêt. Il venait aussi là par temps de neige, lorsque les longues ombres et la lumière froide de l'hiver figeaient la rousseur grise des feuilles que les chênes semblaient retenir de toutes leurs forces ; les ultimes branches des hêtres noirs et nus traçaient sur un ciel de porcelaine un fin réseau de craquelures et dans la forêt pétrifiée, fermée sur tout ce qui avait choisi sa protection, passait parfois la brume d'une respiration mystérieuse, effaçant tout, dont Lortier ne savait plus si elle n'était pas née de son propre souffle lavant toutes couleurs. L'été, dans l'air tremblant d'une bouche de four où le sous-bois mourant de désir d'eau devenait cassant et craquant, des orages rageurs grommelaient souvent en promenant sur les arbres leurs outres gorgées, dont débordaient parfois quelques gouttes avidement bues. Lortier attendait là que sur le cuivre brûlant des nuages s'inscrivent les

147

fulgurants hiéroglyphes des éclairs et qu'enfin les déluges de pluie auxquels il offrait son visage comblent la forêt fumante. Mais, pour lui qui vieillissait, rien n'était comparable au moment qu'il vivait là, à la renaissance du printemps, à ces petits chênes tout juste nés et riches de deux feuilles qui s'offriraient plus tard aux flamboyants graffitis de la foudre. Ce lieu ne connaissait que les saisons, ignorant le temps qui disparaissait en tournoyant dans son vertigineux silence. Appuyé au tronc rugueux, faux ermite n'adorant plus que l'éternité des arbres, il songeait que la forêt ne se pénétrait que dans la solitude, mais qu'une fois conquise et comprise elle lui révélait un sentiment d'extrême existence, presque une sagesse, et lui enseignait une communion généreuse qui le portait à aimer les hommes plutôt qu'à les fuir.

Longtemps après Lortier reprit sa marche vers la petite coupe qui lui appartenait. De loin il vit l'espace sans arbres éclairer la forêt et sur la lisière, dans la lumière d'une faille de feuillages, se dessiner le chandelier parfait d'un petit sapin en majesté, portant ses pousses nouvelles, très claires, comme des bougies illuminées ; derrière lui, une houle de rejetons foisonnants sortaient des souches. Ces signes lui suffirent. Il hésita sur l'itinéraire qu'allait prendre sa promenade. Il choisissait souvent de pousser jusqu'à Fontmaillol, où dans un petit cirque herbu, mystérieux, cerné de frênes, se souvenant d'avoir été sans doute un lieu sacré, le jet blanc d'une source jaillissait, rond comme un poignet d'entre deux rochers dont l'un avait été creusé en auge, et se déversait en un gros fil d'eau courant à travers les pentes pour rejoindre le ruisseau au pont-d'en-bas, très loin ; quelques pieds de vigne folle dont les grappes avaient dû être des offrandes couronnaient bizarrement les roches.

Lortier aimait cet endroit inspiré, cette eau inépuisable dans laquelle il avait un jour tendu par jeu une corde appâtée et pris là une anguille énorme, dont il n'avait jamais su si elle avait coulé de la roche ou était remontée jusqu'à elle. Et comme elle était prise juste par le bord du museau il l'avait décrochée et rendue à la source dont elle était peut-être la gardienne. Mais s'il était facile d'aller à Fontmaillol par l'autre côté de la vallée, d'où il était il fallait quitter le chemin, traverser des champs, rentrer dans d'autres bois et longer le haut mur cernant le parc d'une vieille maison noble à tourelle et girouette, sans voisinage, longtemps inhabitée, où s'était retirée du monde une famille dont la fille aboyait. Derrière le mur on entendait souvent des aboiements rauques, qu'on eût dits d'un gros chien ou d'un chevreuil surpris, ou de petits jappements qui ressemblaient à des plaintes. Les parents ne sortaient que le dimanche pour la messe, le boulanger qui leur portait le pain et les commissions disait que la jeune fille était belle comme un ange, habillée comme une princesse, mais que dès qu'elle le voyait elle levait la figure vers le ciel, tendait la gorge et poussait un hurlement de chien-loup. Plusieurs fois Lortier avait entendu et peut-être causé, bien qu'il eût marché sans bruit, ces rauquements sauvages qui lui serraient le ventre, il ne passait plus là que forcé. La source serait pour un autre jour.

Le fusil pesait, comme après une longue journée de chasse : l'épaule elle aussi faiblissait. Cette arme vide et les deux cartouches dans la poche n'avaient aucun sens, si meurtrier fou il y avait, il tirerait par surprise et d'ailleurs Lortier n'y croyait pas. Il décida que, même lourd, le fusil ne le ferait pas rentrer, il gagnerait maintenant les chaumes par l'Outremont, traverserait le ruisseau sur le gué d'entre les deux ponts et remonterait dire bonjour au vannier. C'était une longue route mais comme il était continûment fatigué depuis quelque temps, cette marche n'y changerait pas grand-chose. Ce qui l'exaspérait dans son vieillissement, ce n'était pas qu'il eut un terme, c'était que son corps obéissait mal, était toujours en deçà de ce qu'il lui demandait ; c'était que ce ralentissement ne ferait que croître. Son métier l'avait fait vivre dans des temps très reculés où d'après des pierres taillées, des bouts d'os ou des peintures il avait essayé d'imaginer les gestes, les dévotions, les peurs d'hommes inconnus, il les avait découverts morts, reposant parfois sans qu'on sût pourquoi, déjà, sur des fleurs dont restaient les pollens : il ne les avait jamais imaginés vieux.

« C'est comme ça », se dit-il. Il était vieux et cela le rendait plus impatient que morose. Et sans que les autres s'en fussent aperçus, sauf Mo, qui voyait tout de lui immédiatement, son caractère aussi changeait : plus taciturne, plus solitaire, plus indulgent peut-être aussi, mesurant mieux bien qu'en secret l'importance grandissante que prenaient pour lui ses enfants. Il sourit tout seul parce qu'il fallait aussi dire plus amoureux, rivé à Mo, mêlé à elle sans recours ; car si autrefois cette dépendance avait été douloureuse, elle illuminait maintenant ses jours, il fallait donc bien dire, en se souriant à soi-même de plaisir : plus amoureux. Cette idée rendit le fusil plus léger. Arrivé au-dessus de Champarnaud il descendit, trouva le routin d'animaux et découvrit d'un seul coup le grand espace ouvert de la vallée qui le fit respirer à pleine poitrine, comme on fait souvent d'un lieu dominant. Au-dessous de lui, au lavoir de Pont-Bertrand, deux femmes agenouillées sur leurs genouillères de bois lavaient, l'une tordait et battait son linge sur sa planche, l'autre avait étendu au fil de l'eau une grande étoffe blanche qui flottait en gonflant. Lortier reconnut Élodie Russeille, une Nausicaa jeune et forte, dont les bras paraissaient aussi blancs que son linge, et la crinière de Maria, blanche elle aussi. Une troisième femme, qu'il voyait mal, empilait des draps tordus sur une brouette à claire-voie. Dans l'air très sec le bruit du battoir sur la planche montait vers lui avec une proximité surprenante et quelques mots dans la conversation animée d'Élodie, bien qu'il fût très loin, étaient distincts. Il entendit le grand rire de Maria qui le fit sourire de plaisir. La crise cardiaque qui avait emporté Mme Papot avait plongé Maria dans un état de désarroi qui la faisait aller et venir sans raison ; lorsqu'elle sortait d'un mutisme inquiétant elle s'accusait de ne pas avoir assez bien soigné la vieille dame et d'être la cause de sa mort. Elle avait marché seule en larmes devant les hommes lorsque le cercueil avait été porté au fond du jardin où le pasteur avait lu le psaume *Quand je marche dans la vallée de la mort*. Comme Maria trouvait les fleurs des champs plus jolies que les mufliers ou les giroflées des massifs, elle couvrait les tombes de grands bouquets d'ombelles, de reines-des-prés ou de glaïeuls sauvages et bien que ces soins eussent sans doute déplu aux huguenots enterrés là, elle avait planté tout autour une bordure d'oxalis.

Elle avait fait tous ses paquets pour partir elle ne savait encore où, mais de toute façon près du village à cause d'Adrien ; Mo lui avait déjà proposé une chambre, quand une inquiétante convocation du notaire était arrivée, pour laquelle elle avait demandé à Lortier de l'accompagner. Le maire était là. Elle n'osait s'asseoir. Stupéfaite, incrédule, elle avait entendu le notaire lire le testament que Mme Papot avait rédigé de la belle écriture qui calligraphiait autrefois le « Doit » des factures d'Abraham ou les titres de couverture des petits romans Tout ce qui était à la Caisse d'épargne était partagé entre l'Association cultuelle protestante de Celles-sur-Belle et le Bureau de bienfaisance de la commune, laquelle recevait la propriété des carrières et du bois, à charge pour elle de faire les coupes et de distribuer stères et fagots aux pauvres. Les loyers des carrières seraient affectés au Bureau de bienfaisance. La commune héritait la nue-propriété de la maison, dont Maria avait l'usufruit sa vie durant, meubles et immeubles. Maria recevait la propriété d'un champ sous réserve d'en respecter l'affermage actuel et d'une parcelle de bois qui la chaufferait. Le maire était certain que le legs serait accepté avec reconnaissance par le conseil municipal ; en attendant l'envoi en possession Maria continuerait de jouir de l'ensemble des biens dont elle acceptait l'usufruit.

Balbutiante, elle avait remercié le notaire, le maire, enfonçant ses ongles dans la manche de Lortier. Une fois sortie elle était restée silencieuse, comme écrasée par sa nouvelle et surprenante condition, à côté de Lortier, qui se réjouissait tout haut :

— Vous rendez-vous compte, Maria ? Vous voilà avec un toit à vous, un jardin, un champ ! Je le connais, ce champ, c'est Caillon qui y fait du blé, avec le premier fermage vous réglerez les droits de succession, vous serez libre, vous serez votre maîtresse ! Gloire à Mme Papot !

— Est-ce que vous croyez en Dieu ? avait brusquement demandé Maria.

Étonné, Lortier avait répondu qu'il ne croyait pas aux églises, qu'il ne savait pas très bien ce à quoi il croyait, il avait le sentiment d'être un esprit religieux sans aucune foi. Maria avait hoché la tête. Plus tard, elle avait seulement murmuré :

— J'emmènerai Adrien à La Rochelle.

Et au moment de se séparer de Lortier, après l'avoir remercié, elle avait dit cette phrase surprenante :

— Dieu veut peut-être parfois punir le juste et récompenser le pécheur.

Lortier avait vu là de l'humilité. Maria avait rendu visite à tous ses voisins comme si elle emménageait dans une existence nouvelle, elle avait fait un grand ménage, une lessive qu'elle était venue rincer au lavoir au milieu des autres.

Les gestes que Lortier voyait là-bas, ces propos vifs et ce rire furent pour lui une minuscule preuve, mais une preuve, de l'ordre invisible du monde caché sous le chaos confus qui le masquait. Il descendit joyeusement à travers le chaume, dont l'herbe était très glissante, et il se vit brusquement cramponné comme autrefois aux deux pieds d'une

154

planche à laver dérobée à la pile que les femmes laissaient au lavoir, couché sur cette luge lissée par le savon et dévalant le chaume à une vitesse qui l'étreignait de plaisir et de terreur ; il arrivait qu'en bas on percutât le mur mais on remontait la planche, on la retournait pour en saisir les pieds et on se jetait à nouveau dans la vitesse jusqu'à ce que les jambes refusent de remonter. Cette image était si précise et si allègre qu'il en oublia sa fatigue, traversa le pré où quelques touffes de sainfoin dressaient çà et là leurs panicules roses et franchit le gué qu'un ancien effondrement des murs riverains avait ménagé. De l'autre côté, un sentier à pente dure s'élevait en biais et il le gravit lentement, s'arrêtant parfois et souriant à son agilité passée, comme s'il avait eu sur l'épaule, au lieu d'un fusil, une planche à laver transformée en luge. Enfin il vit, détaché sur les frondaisons des arbres, le toit goudronné de la roulotte d'Émile Baromé, dit l'Anguille, dit la Musique, et de sa femme Malvina, vanniers.

*

Le chien lança deux abois sonores et vint en fronçant le museau de plaisir se frotter aux jambes de Lortier, qui buta sur les morceaux d'un vieux timon pourrissant dans le lierre. La roulotte était échouée à demeure sur une terrasse plane où un vieux puits à la margelle à demi ruinée restait seul d'une très ancienne construction dont quelques pierres bosselaient les ronces. Devant elle un très haut platane, dont à l'automne les femmes du village ramassaient précieusement les feuilles sur lesquelles séchaient leurs fromages, marquait la fourche du sentier qu'avait pris Lortier et de la route de la vallée. Deux rosiers grimpants semblaient soutenir certaines lames des parois de la roulotte encore peintes d'un vert qui s'écaillait, d'autres avaient des fissures bourrées de papier journal. Au-dessus de la porte, dont les marches d'accès avaient été renforcées par des briques, le nom Villa Violetta avait été peint en belles rondes et entouré d'une frise de fleurs. Entre les roues, une sorte de poulailler près duquel picoraient trois poules naines et un coq voisinait avec deux caisses grillagées où luisaient les yeux rouges des lapins. Dans l'espace dégagé qui la séparait du platane, près d'une charrette à âne calée sur ses chambrières et bizarrement bâchée sur trois côtés jusqu'à terre, Émile assis sur une selle à côté des seaux où baignaient des fagots d'osier et de noisetier travaillait. Aux aboiements du chien il leva la tête et fit de la main un signe amical, souriant de tout son visage si raviné qu'il en paraissait tuméfié, aux yeux très noirs et très vifs sous une forêt de sourcils et des cheveux blancs drus et courts. En même temps que Lortier approchait, Malvina parut sous l'auvent, en haut des marches, vêtue d'une sorte de camisole blanche sans taille, petite et voûtée, pieds nus dans des chaussures d'homme, tressant ses longs cheveux gris, et gardant un souvenir de beauté avec une peau de lait plissée de très petites rides, comme une pomme d'hiver.

— Mais pourquoi ne me prévenez-vous jamais ! cria-t-elle, si j'avais su j'aurais fait toilette.

— Comment voulez-vous que je vous prévienne autrement qu'en venant ? dit Lortier en riant.

— Ne l'écoutez pas, dit Émile en lui serrant la main, à vieille mule frein doré, mais c'est la dorure qui manque. C'est toujours une bénédiction d'avoir de la visite et c'en sera une encore plus grande quand vous m'aurez donné mes cent sous.

C'était le rite. Lortier avait prévu les deux pièces, qu'il sortit joyeusement de sa poche.

— Dis donc ! cria Émile à sa femme, c'est déjà partagé. Hardi petit ! Il faut demander pour avoir, *audaces fortuna juvat*, la fortune sourit aux audacieux, comme disaient les Anciens.

Ils partageaient en effet le prix de chaque panier, de chaque bombonne clissée à neuf, de sorte que lorsque l'un offrait à l'autre une bouteille ou une boîte de biscuits, c'était un vrai cadeau, tous deux d'ailleurs tressant l'osier si habilement qu'il était impossible de distinguer le travail de l'un de celui de l'autre, ce qui légitimait leur convention.

— Je ne vous fais pas entrer, vous ne verriez

que notre misère, dit Malvina en disparaissant dans la roulotte.

— Première chose, dit Émile en attirant une autre selle près de la sienne. Ici c'est la république Baromé, territoire franc, les fusils restent à l'entrée. Qu'est-ce que vous allez me foutre avec cet engin, comme tous les jocrisses que je vois passer d'ici ?

— Vous savez bien pourquoi.

— C'est justement parce que je sais pourquoi que je sais aussi que ça ne sert à rien. Posez-moi ce tromblon dans la charrette. Voilà ! Maintenant asseyez-vous pacifiquement. Deuxième chose...

— Je sais, dit Lortier en sortant sa blague.

— Ma parole, quel plaisir d'être entre gens bien élevés. Ne m'en veuillez pas, dit-il en bourrant sa pipe, vous savez bien ce qu'on dit : celui qui est près du feu, il se chauffe. Je profite de vous comme un cavalier en billet de logement. Mais j'ai aussi quelque chose pour Mme Lortier. Malvina, apporte le petit corbillon, s'il te plaît.

Elle avait mis sur sa camisole un caraco vert rayé de blanc, un peu délavé sous les manches. Avec une agilité surprenante à son âge, elle descendit les marches pour tendre une petite coupe en forme de nid, tressée en bandes de sept brins si savamment agencés que leur entrelacs ne montrait ni début ni fin.

— Pour mettre les bagues, dit-elle en faisant gracieusement la révérence.

— Ou les petits sous, dit Émile.

— Comment peut-on tresser aussi fin ! s'exclama Lortier.

— C'est notre art, dit Malvina.

— C'est de l'orme sauvage, dit Émile, le bouchonné, celui qu'on appelle l'orme de saint Jean, qui a de petites pousses très régulières. On le fait sécher très doucement, on le mouille ensuite jusqu'à ce qu'il fasse la gondole sous le pouce, mais sans qu'il moisisse. Je préfère ça au jonc, le bois a une couleur plus franche.

Ils étaient contents. Ils étaient partis au début d'avril avec la petite charrette tirée par l'âne et pleine du travail de l'hiver, le chien, le coq et les trois poules, mais sans les lapins, qu'ils avaient mangés. Ils s'arrêtaient à l'entrée des villages, près d'un puits, ils bâchaient les brancards de couvertures sous lesquelles ils dormaient, s'abritant des averses sous la charrette. Malvina changeait de chemise en plein vent. Ils se vouvoyaient pendant les disputes mais le soir, après la tournée dans les villages, devant leur feu, Émile sortait du bric-à-brac ce qu'il appelait son violon de campagne, un instrument qu'il avait fabriqué avec une vieille boîte de bois ovale qui avait peut-être été une boîte à chapeau claque, un bras de fauteuil en acajou qu'il avait sculpté, un archet en bois d'if avec un tourniquet permettant de tendre les crins de cheval ; seules les cordes étaient de vraies cordes. Il jouait « de routine », sans connaître la musique, mais avec une oreille très sûre et des doigts agiles de vannier. Il jouait des marches, ou des chansons, ou des airs lents inventés avec une tendresse qui posait un demi-sourire sur son visage ennobli soudain par la musique. Le violon avait une sonorité étouffée et aigrelette que Malvina écoutait en souriant rêveusement, assise droite comme une reine sur un seau renversé. Plus tard il avait pu se procurer un vrai violon qui restait soigneusement caché dans un recoin secret de la roulotte, et c'était devenu son second métier : dans le costume noir bien repassé qu'il mettait pour ces seules occasions, chapeauté de noir, tenant sous son menton le vrai violon cravaté d'un flot de rubans, il marchait devant les noces en jouant sans discontinuer des airs très entraînants qu'il se rappelait ou qu'il inventait et le soir faisait danser la compagnie. Et comme Malvina entretenait le costume, ils partageaient aussi les recettes de la musique. Mais c'était presque fini maintenant, depuis que les noces avaient des gramophones et même des postes de radio. Et la guerre avait tout interrompu.

— Si j'avais encore eu des paniers en noisetier, dit Émile, j'aurais pu les placer tous, j'avais des acheteurs, ils les aiment parce que c'est très blanc. On a tout vendu.

— Et comme on était riches, dit joyeusement Malvina, on s'est mis en faridon, du vrai vin bou-

ché qui tache la mie bien rouge. Chacun ses bouteilles.

— Et comme je crois bien que j'en ai encore
une, dit Émile, on va s'offrir de trinquer.

Il sortit une bouteille cachée dans le seau sous
les osiers et Malvina eut un petit rire de surprise.
Elle sauta dans la roulotte et revint avec un plateau chargé de trois verres et d'une assiette de
petits-beurre, qu'elle posa par terre. Lortier songeait aux cérémonials ancestraux de la rencontre,
l'échange de cadeaux, la nourriture et le vin partagés. En choquant son verre il se dit que ce qu'il
venait toujours chercher là, c'était le spectacle
d'une liberté ; ses hôtes étaient sans attaches et
sans détour, délivrés de l'Histoire qui pendant la
guerre les avait affamés mais épargnés, étrangers
aux affaires du monde, sourds à son bruit insup-
portable, libérés par leur singularité même du
poids envieux du village, de ses jalousies, de son
âpreté, de ses longs calculs. Assis sur sa selle de
bois, buvant du vin lourd et fort, il se sentait heureux et paisible, ramené à une simplicité sans âge
qui lui rendait une sorte d'innocence.

— C'est beau, les voyages, n'empêche que je
suis toujours contente de revenir à la Villa, dit
Malvina en montrant la roulotte. C'est plus facile
pour ma cuisine.

— Qu'est-ce que tu racontes ! dit Émile, tu la
fais dehors sur le feu ici aussi.

— Mais c'est chez moi.

— Regardez-moi ce chez-moi ! dit Émile en montrant d'un geste large la place de terre dure encombrée d'ustensiles, où des paniers neufs séchaient devant des braises rougeoyantes. *Cuique suum stercus bene olet*, chacun trouve que son fumier sent bon, comme on disait quand je voulais devenir curé.

— Vous, devenir curé ? dit Lortier stupéfait.

— Mais j'étais là, dit Malvina. Vous le voyez en curé, mon artiste ?

Une lumière éclaira le visage d'Émile :

— Quand on est le dernier d'une cavalcade de garçons, chez des journaliers pauvres en Gâtine, dit-il avec douceur, et qu'on réussit au caté-chisme, les curés vous prennent, forcément. Ça débarrasse la famille. Disons qu'après j'ai choisi d'adorer le Seigneur sous la forme d'une de ses créatures.

Malvina redressa son dos voûté et son œil brilla soudain de jeunesse :

— Il s'est perdu dans la religion de moi, dit-elle avec un sourire de bonheur. Et croyez-moi, il connaissait bien son bréviaire.

— Ce qui ne m'empêche pas de dire quelque-fois mes autres prières, pour remercier le Bon Dieu de m'avoir appris cette religion-là, juste-ment.

— Même si nous courons toujours après trois sous, nous savons bien que le Bon Dieu nous a faits riches, n'est-ce pas, Émile ? dit-elle en tendant son verre à la bouteille qui s'offrait, et Lortier vit soudain resplendir leurs deux regards mêlés, leurs deux vieux visages se répondant avec une joie intacte.

— Buvons à cette richesse-là, dit Lortier, je la connais aussi. À votre santé à tous deux.

Émile prit la blague tendue, sortit sa pipe, se ravisa, et roula une cigarette.

— Ça n'est pas tout ça, dit-il. Maintenant c'est à vous, la dernière fois on en était restés au Pérou, aux fouilles que vous faisiez là-haut.

Il fallait raconter. Émile était curieux de tout, il jubilait d'agrandir son monde, il abordait avidement des pays ignorés, voulait que Lortier décrive les paysages, les animaux et les fleurs, les maisons, les coutumes ; la vie présente l'intéressait plus que les devinettes tirées par Lortier et son équipe de la terre où elles dormaient depuis des millénaires. Pourtant, quand Lortier avait évoqué les temps où, avant peut-être de savoir être potiers, les hommes enduisaient de glaise des récipients de vannerie pour les durcir au feu, il avait été violemment ému de découvrir la vertigineuse ascendance de son métier. Il en parlait souvent depuis, disant que ses gestes n'avaient pas d'âge, qu'il suffisait d'une lame tranchante, d'un fendoir de buis et du matériau que le Bon Dieu avait fabriqué, maintenant comme aux temps préhistoriques. Et l'idée qu'il était l'héritier d'une technique si lointaine le remplissait de fierté.

Lortier raconta la roche peinte, les aiguilles d'os, le squelette de femme au coude déformé neuf mille ans auparavant par l'arthrose due au tannage, puis les enclos des bergers, les troupeaux de moutons et de lamas protégés des condors ou des pumas, le vent d'enfer et sous le toit d'ichu après l'insolation intense du jour le froid nocturne à peine conjuré par la maigre flamme des excréments du troupeau séchés et mêlés de tourbe. Émile écoutait, fasciné, comme s'il avait vu les images de la haute plaine des Andes recouvrir le grand platane et effacer les frondaisons tranquilles des frênes poitevins. Quand la bouteille fut finie, Lortier se leva, Émile parut sortir d'un songe et Malvina se redressa sur sa selle avec le sourire qui suit la fin d'un conte en respirant profondément. Lortier, heureux, prit son fusil sur la charrette et passa la bretelle à l'épaule.

— Et vous vous promenez avec votre canardière après avoir vu tout ça ? dit Émile.

— C'est le temps qui veut ça.

— Moi, si j'étais allé dans ces pays, je n'aurais plus peur de rien. Rangez-moi donc ce fusil et prenez un bon bâton.

— Ça rassure ma femme. Est-ce qu'il n'est pas quand même passé un assassin par ici ?

Émile rit tout seul, d'un petit rire moqueur.

— Je sais ça, je sais ça. Remarquez, moi je n'ai jamais fait de mal à personne, sauf une fois, il y a longtemps, à Rabistoque qui m'attaquait. Paix à son âme, il est mort tout seul dans un fossé, couché par un coup de pied de barrique. Mais j'ai de bons yeux.

— Ici, c'est le grand air, dit Malvina, on vit sans malice et on voit tout.

— Ça, c'est vrai ! Regardez le tournant de la route, là-bas, qu'est-ce que vous apercevez ?

— Un champ et des pommiers.

— Et après ?

— Ah ! vous voulez dire le petit chemin empierré qui descend les eaux l'hiver ?

— Voilà ! Entre deux belles haies. Et la haie la plus proche a une grande coupure d'au moins trente mètres. Et quand quelqu'un passe dans le secret de ce petit chemin, par cette coupure, on le voit.

— Je donne ma langue au chat.

— Oh ! je ne dirai pas grand-chose ! Doucement, les basses ! J'ai assez chaud comme ça, ne tombons pas de la poêle dans la braise. Mais quand on voit un homme passer raide comme une trique avec la poche à gibier de sa veste toute bossue ? Ou quand on voit un homme passer avec la même poche, mais en boitant comme s'il avait une jambe de bois ? Écoutez-moi, une crosse de fusil, ça peut toujours se cacher dans la poche du dos, mais le canon, ça ne se plie pas, ça se glisse sous la veste entre les épaules ou dans la jambe de culotte. Pas vu pas pris.

— Mais on a vu, dit Malvina avec un sourire qui donnait soudain à son visage aigu la cruauté d'une belette carnassière.

— Sur ce, motus. Tout ça pour un conseil : rangez votre pétoire. Ça ne se reproduira plus, à mon avis.

— Bon ! dit Lortier, si je comprends bien vous ne m'avez rien dit ?

— Exactement.

— Me voilà quand même avec du grain à moudre. Merci pour la jolie coupe, merci pour le vin.

— Merci pour l'histoire, dit Malvina.

*

Lortier monta jusqu'au platane, se retourna et salua de la main ses hôtes de plein vent qui se tenaient côte à côte. « La mort seule les séparera, se dit-il, et cette phrase banale lui parut si merveilleuse qu'une émotion sournoise lui noua soudain la gorge. Allons, bon ! Voilà que je deviens pleurnichard ! » Il marcha plus vite, s'obligeant à penser au dernier secret d'Émile. Il aurait préféré ne le pas connaître : un homme était descendu vers la vallée en dissimulant un fusil. Mais lui, Lortier, ne savait pas le nom de cet homme, on pouvait seulement supposer que pour passer là il devait venir de la Bastière, et d'ailleurs Lortier s'intéressait assez peu à tout cela, il aurait seulement voulu que justice fût faite pour la petite Alice, et aussi pour la Justice tout court, bien que la plus grande injustice ne fût pas dans l'impunité d'un coupable ignoré.

Il hésita, quitta la route et prit le sentier encaissé entre deux murs de pierres sèches qui suivait, tout en haut des chaumes, le fond des jardins prolongeant les maisons. Il évitait ainsi de passer devant celle où ses grands-parents avaient vécu, une maison de bonheur désormais morte, qu'il avait peut-être trahie, aussi bien. Il n'avait pas besoin de la voir, il la connaissait de cœur, il savait encore quelle porte fermait mal, quelle marche craquait et, bien que ce fût peut-être le souvenir le plus difficile à retrouver, quelle odeur marquait sa chambre, aménagée dans un ancien grenier à blé dont la légère fermentation avait imprégné murs et parquet d'un parfum profond où se pressentait celui du pain. Il lui suffisait de penser à la maison pour qu'un cortège d'images sans lien surgisse, son grand-père sifflotant, parlant à ses abeilles, son grand-père sortant ses lunettes de l'étui de bois pour faire ses cartouches ou pour nouer maille après maille le filet ; sa grand-mère en bonnet blanc tuyauté et enrubanné à la poitevine l'emmenant le dimanche à la messe où parfois le pain bénit était de la brioche offerte par Mme de Cherves, sa grand-mère lisant à haute voix pour elle seule, avec passion, en ânonnant, la chronique de politique internationale du journal, ou le soir marmonnant ses prières en se déshabillant pour la nuit, ou bien plus tard, quand il était grand, montant péniblement un étage pour seulement lui demander s'il croyait qu'on aurait la guerre. Ces lieux lui avaient révélé l'adaptation séculaire d'une forme de vie à un milieu, une façon habile de cohabiter avec la nature et, d'une certaine manière, de la vénérer en s'y soumettant. Il songea qu'à l'école devant laquelle il devrait passer tout à l'heure, où son père lui avait transmis sa propre passion d'apprendre, il avait presque en même temps découvert la loi, une morale, une sorte de fierté rebelle, ce qu'on aurait pu appeler du nom de Vertu. Qu'avait-il fait de tout cela ? Il n'en savait fichtre rien, rien encore, il n'en saurait peut-être rien jusqu'au dernier jour, peut-être découvrirait-il qu'il n'en avait pas été digne ou peut-être était-ce simplement tout cela qui l'avait fait, c'était l'inépuisable source à laquelle il avait besoin de revenir de plus en plus souvent. Ainsi chiffonnée par le souvenir sa vie rapprochait ses bords, son enfance et maintenant se touchaient.

Il reconnut le mur où il avait aidé son grand-père à poser le piège où se prendraient les fouines que l'hiver poussait près des maisons. Les gants, le piège et sa chaîne, tout avait été fumé sur un feu de genêt, l'œuf posé sur la palette se voyait seul au-dessus des trompeuses feuilles mortes, dans la cavité ménagée sur la crête du mur : le petit fauve prenait trop grand soin de ne pas se salir les pattes pour choisir un autre chemin que le mur. Au-delà, Lortier aperçut le toit familier abritant désormais une veuve sèche, sans lèvres, au nez pointu, qui épiait tout, savait tout, devinait les filles enceintes avant qu'elles grossissent, chez laquelle le malheur des autres éveillait une fiévreuse délectation : Zélie Madron, dite la Mailloche depuis le jour où, s'étant faufilée près d'un lit pour voir une fille y souffrir la malemort en mettant son enfant au monde, elle avait souri et dit doucement : « Elle devait bien savoir que la mailloche était plus grosse que le manche. »

« Le diable l'emporte », se dit-il. La maison n'était pas faite pour la méchanceté, il pensait qu'en secret elle devait refuser Zélie, déchirer son tablier aux clés des portes, lui heurter la tête au manteau de la cheminée, renverser ses chaudrons, l'huile de sa poêle, rendre une marche glissante sous ses pieds. Dans l'immobilité des choses dormait un pouvoir mystérieux qui pouvait les rendre amicales ou hostiles, elles concouraient à servir un sort bon ou mauvais qu'on avait coutume d'appeler le hasard. Même si Zélie, par des maléfices ignorés, avait contraint pour un temps la maison à servir ses méchantes entreprises, un jour la maison serait plus forte que la diablerie et la chasserait, pour reprendre son essence même de lieu propice à la bonté. Lortier rit tout seul de ces idées folles, mais une toute petite voix disait en riant d'elle-même : « Et si, pourtant... ? » La

169

graine semée par les contes d'autrefois, les aventures des quatre fils Aymon et du magicien Merlin, ou les châteaux tombés du tablier de Mélusine la fée serpente, avait laissé en lui des germes encore si forts qu'il aurait accueilli sans crainte le surnaturel, puisqu'en forêt il croyait déjà à l'invisible.

Il força le pas, remonta par une ruelle de jardin vers le village vide qui à cette heure s'occupait des troupeaux, passa devant la ferme de Jublin où Adrien ne parut pas. Lortier aimait cet enfant secret, curieux de tout et surtout de découvrir le monde, il lui devinait une sensibilité très vive, il avait été surpris de l'attention émerveillée d'Adrien devant la grande gravure reproduisant *Les bergers d'Arcadie*, de son long examen des tableaux du salon, de son intérêt pour les objets ornant la maison. Le gosse venait de plus en plus souvent à Puypouzin en sortant de l'école, quand il n'avait pas à être berger, et Lortier s'était surpris à constater qu'entre quatre et cinq heures lui-même restait la plupart du temps à la maison, comme s'il avait attendu cette visite qui se passait en général à répondre aux questions du petit, pour lequel Mo avait toujours quelques douceurs. Il continua sa route, salua Paulus, le cordonnier, dont le soulier orthopédique couinait à chaque pas comme une souris prise au piège. Il longea l'école silencieuse où se bousculaient des souvenirs qu'il repoussa, accueillit pourtant celui du visage si bon de son père, et tournant vers la vallée se heurta au domaine de Cherves.

La grande maison était fermée, son délabrement en accentuait encore la solitude. Un volet disloqué pendait, l'herbe était plus haute que les appuis des premières fenêtres et la frise de tôle peinte entourant la marquise tombait, mangée de rouille, au-dessus du double escalier du perron. Le parc était à l'abandon et l'orangerie sans vitres ouverte à tous vents. Tous étaient morts, Nadège aussi peut-être, qui n'avait pas su donner un fils à René. M. Méhus de Cherves était si fier de son lignage qu'il avait fait mourir en bas âge, sur l'arbre généalogique de la famille, celui de ses ancêtres tué à Valmy dans les rangs de la République. À ceux qui savaient, « il n'est si haut arbre, disait-il, qui n'ait quelque basse branche ». Il était d'une si exquise politesse qu'on ne savait si elle cachait une grande délicatesse ou un profond désintérêt ; mais un soir qu'au dîner la marquise avait dit un mot d'un foulard d'indienne qu'elle avait vu à Celles et qui lui plaisait, il avait prié qu'elle l'excusât au déjeuner du lendemain, il voulait aller voir ses bois. Celles était à quatorze kilomètres, il avait marché toute la journée, le soir l'indienne était sous la serviette de sa femme. Rien ne restait de tout cela, rien. Ni Clovis qui s'occupait des chevaux et disait à M. René : « Des maîtres comme vous, des jean-foutre comme moi,

171

on n'est pas près d'en manquer » ; ni la vieille Jamine, la cuisinière entrée là à quatorze ans parce que ses parents ne pouvaient pas payer leur fermage, qui adorait Madame et était sans doute plus aimée à Cherves que dans sa famille, qui n'avait jamais reçu un sou de gages et dont le trésor était une tabatière de buis en forme de cercueil qui s'ouvrait par un secret.

Mort, tout ça, fini, rayé, ratiboisé, enterré ! Fichue, la maison, mangée par l'herbe, l'herbe dévorante, inlassable, triomphante. On fera des parcelles dans le parc, on a déjà détruit le beau temple protestant pour faire une remise à charrettes. Terminé. Tout meurt, le cimetière de la famille de Cherves lui-même mourra, comme les tombes aux noms effacés qu'on arrache pour agrandir les champs. Toi aussi, Lortier, n'oublie pas. Ta vieille maison d'enfance est déjà morte. Sans regrets, jamais. Le passé n'est jamais meilleur. Il suffit de doucement et sereinement s'en souvenir.

Il descendit le long du mur du parc, prit le petit chemin rocailleux qui coupait jusqu'au pont-d'en-bas et bientôt retrouva sur le bleu du ciel que les vols des martinets coupaient la silhouette puissante de Puypouzin, haussée par la falaise. Au pont, il prit le sentier qui remontait sur les chaumes, s'arrêta pour reprendre son souffle et, levant les yeux, découvrit la vallée déjà assombrie, transformée par le soir. Des îlots de brume se formaient par places, comme des nappes étranges de fumée, donnant aux prés lointains l'aspect barbare d'un pays incendié. Là-bas, à l'est, le ciel avait la pâleur irisée de frissons mauves d'une eau lentement aspirée par un invisible gouffre et tombait vertigineusement dans la nuit. Lortier se dit que ses jours avaient été tissés si serré qu'il n'en voyait plus la trame, ils semblaient une étoffe lisse et uniforme sur laquelle s'inscrivaient au hasard, comme sur le ciel les vols fugaces des martinets, des moments de vie qui choisissaient de surgir avant de s'effacer. Tous les passés qu'on lui avait appris, et celui-là même de son espèce qu'il avait si obstinément cherché à découvrir, aboutissaient à faire de lui un successeur ; seul son propre passé échappait à cette construction, l'étoffe avait plusieurs sens, il n'y voyait ni bords ni franges, les époques y étaient noyées par places indistinctes et changeantes sans aucun lien entre elles. Seule la chaîne de cette étoffe était cet irréfragable et mystérieux noyau d'identité qui unissait tous les âges de sa vie. Il n'y distinguait, renaissant soudain d'une façon qui le surprenait, ou obéissant à l'ordre donné de se souvenir pour s'inscrire en broderies de feu, que les moments illuminés par le bonheur. Il savait qu'il avait nourri la mort avec ces moments sortis du temps, qu'il les lui avait jetés en pâture pour la tenir à distance, comme on

173

jette aux fauves pour les éloigner de sanglants quartiers de viande ; profitant de tous ces jours où pourtant il avait appris, ressenti, vécu, mais qui avaient à tout jamais disparu de sa mémoire, elle s'était rapprochée, regagnant à pas de loup le terrain perdu, il fallait sans cesse apaiser cette bouche dévorante par le souvenir du bonheur ou par le bonheur lui-même, vers lequel il reprit sa marche. Mo l'attendait, la lampe de la terrasse avait été allumée. Lortier se sentit très las, d'une lassitude plus ancienne que celle de sa longue promenade, mais seul comptait maintenant pour lui l'avenir sans limites de son amour pour cette femme qui avait allumé la lampe pour sa sauvegarde.

IX

LE FUSIL

De sa cache entre les fagots, sur le plancher du hangar aux charrettes, Adrien observa la cour comme une vigie inspecte l'horizon. Les poules s'affairaient bruyamment autour du fumier, Sirène dormait au soleil au pied du pailler. Fernand et André étaient partis avec la faucheuse et le cheval couper le trèfle rouge du champ d'Alaric, Clémence avait disparu dans les petits toits avec une brassée d'orties qu'elle devait hacher pour ses canards. Il était seul à veiller sur ce monde et s'ennuyait, les leçons étaient apprises, la rédaction finie. Dans le secret de la cache il avait reproduit pour la classe la carte des petits fleuves côtiers, puis il avait agrandi pour son plaisir la carte de la Sèvre, où le marais devenait un fin réseau de traits bleus représentant les biefs, les canaux, les rigoles qu'on appelait des conches ; sur les bords il avait dessiné des peupliers, un bateau plat, une nasse à anguilles et un petit bonhomme en train de pêcher, la gaule relevée, le fil

175

tendu par un poisson dont la tête émergeait d'une eau verte. Près du petit bonhomme il avait écrit « Moi ».

Rien n'égalait pour Adrien les dimanches où Fernand le réveillait tôt pour l'emmener pêcher au marais. Déjà, la veille, les préparatifs avaient été une fête, on avait fait cuire de grosses pommes de terre et détremper du vieux pain pour pétrir des boulettes d'appât, blé et chènevis avaient gonflé dans l'eau bouillante, les petits vers rouges du fumier et les lombrics du jardin grouillaient dans la terre de leur boîte, lignes et gaules étaient prêtes, les hameçons montés par des ligatures compliquées sur des racines aussi fines que des cheveux. On arrivait au marais au lever du soleil, il faisait frais, l'eau paraissait sombre et très mystérieuse, elle fuyait en grandes ondes quand on l'agitait en mettant le pied sur le bateau, on s'installait sans bruit sur les deux planches du bout.

Fernand montait toujours sa ligne au dernier moment, il choisissait son fil et sa plombée selon l'endroit, les herbes du fond, la couleur de l'eau. Il retrouvait ces jours-là une précision et une vivacité insoupçonnées. Il était gai, surtout il était content de voir Adrien démêler tout seul son fil ou amorcer son hameçon d'un grain de blé, il riait de plaisir lorsque le garçon ferrait un beau gardon, il lui montrait comment le décrocher avec un dégorgeoir sans l'abîmer, il lui apprenait tout bas à distinguer l'attaque d'une brème de celle d'une tanche, ou lui enseignait comment fatiguer un gros poisson avec un fil très fin sans casser. Tout devenait singulier et comme enchanté, le silence accompagné soudain par le plongeon d'un rat ou le saut d'un chevesne, la matité des bruits lointains réfléchis par l'eau, le miroitement fragmentant le reflet tremblant des peupliers sur lequel le bouchon porté par le courant traçait une fine coupure avant de se fondre dans l'image marbrée du ciel blanc. De temps en temps luisaient dans le filet accroché au banc les écailles étincelantes des gardons, l'arc-en-ciel des perches, le velouté mordoré des tanches ; l'odeur de goudron de la plate se mêlait à celle des menthes et des herbes coupées.

Assis tous deux de part et d'autre du bateau, se tournant presque le dos, ils échangeaient très bas de rares paroles et dans ces murmures entremêlés de longs silences quelque chose de très précieux les liait, qu'Adrien ressentait fortement. Ou bien Fernand, à voix chuchotée, parlait de son enfance à lui, ouvrait à Adrien, presque en secret, le souvenir de son grand-père, qu'il avait adoré. Le grand-père était sorcier, trouvait l'eau, enlevait les verrues, touchait les brûlures ; il les entourait lentement par trois fois d'un cercle contraire au mouvement du soleil en murmurant certaines paroles, mortes avec lui, puis disait à voix haute, étendant sa main sur la plaie : « Feu, perds ta chaleur, comme Notre Seigneur perdit sa couleur, au jardin des Oliviers », la brûlure cessait d'être douloureuse. Le vieil homme n'avait jamais vu d'oliviers que dans sa Bible, il pensait que c'était un arbre magique. De même était magique la bûche de Noël qui devait brûler trois jours avant qu'en la frappant on ne la réduise en braises, dont le nombre augurait de l'abondance future des poussins. Une de ces braises était mise sous le lit pour protéger du tonnerre et c'était avec elle qu'on rallumerait la bûche du Noël qui suivrait. La nuit de Noël elle-même était enchantée, c'était celle où les bêtes parlaient et pendant laquelle on devait se garder d'entrer dans les étables pour ne pas attirer la mort dans la maison. Un valet que le grand-père connaissait était allé voir ses bêtes malgré l'interdit, un des bœufs disait : « Qu'est-ce qu'on fera la semaine prochaine ? » ; l'autre répondait : « Pardi, tu le sais bien, on mettra notre maître en terre ! » Le grand-père racontait que celui qui avait construit la maison d'enfance en avait fait le tour en y semant goutte à goutte le sang d'une poule noire égorgée devant l'âtre, pour y attirer l'abondance qui se retrouvait dans les étoiles des Pléiades, qu'on nommait en ce temps-là la Poussinière, sur la poitrine du Taureau. Il jurait que sous la pierre du seuil un œuf avait été enfoui dans l'argile en hommage à la Force qui fécondait tout. Fasciné, Adrien écoutait ces légendes, entrait dans l'enfance de son père. Fernand posait parfois sa main sur l'épaule du garçon, juste sa main, comme une caresse. Dans la vieille Peugeot du cordonnier qui les ramenait le soir ils chantaient *Brave marin revient de guerre* ou *La belle fille de Parthenay*, puis c'était la fierté de montrer les prises à Clémence, qui les admirait. Assommé de soleil, Adrien dormait devant son assiette. Dans son lit, les yeux fermés, il suivait interminablement le bouchon descendant l'eau aveuglante. Il essayait de se souvenir de certaines phrases que Fernand lui avait dites, il n'en retrouvait pas les mots, il entendait seulement la voix murmurée, la voix paisible et chaleureuse de son père, et s'endormait dans le bonheur.

La cour était vide. Il rangea cahiers et crayons, descendit précautionneusement la grande échelle et caressa Sirène, qui l'avait entendu bouger et l'attendait en sautillant joyeusement. Il chercha sa mère, elle avait quitté les petits toits et s'affairait dans sa cuisine autour de plusieurs casseroles et de la grande cocotte en fonte qui semblaient indiquer une préparation inaccoutumée. Il lui offrit de l'aider mais elle le chassa d'un « Ne reste pas dans mes jambes ! » qui signifiait une gêne plus qu'un secours.

— Va donc chez Albert Mainson, dit-elle, je n'ai vraiment pas besoin de toi ce matin. Et reviens avant le déjeuner pour ne pas faire attendre ton père.

Adrien courut vers la route en criant au revoir, il n'aurait pu souhaiter plus belle permission ; Albert était son meilleur compagnon, surtout quand Alice était là pour inventer. Elle gagnait toujours au jeu des histoires de mensonge, « Un jour qu'il faisait nuit je marchais en courant dans une chaleur glacée... ». Quand les garçons avaient taillé dans des écorces de pin des bateaux en forme de pirogue indienne qui flottaient sur l'auge de la pompe elle suggérait qu'on mît dissoudre une boule de bleu de lessive pour que ça ressemble à la mer et elle provoquait d'énormes vagues où les canoës sombraient ; ou bien elle organisait des championnats de totons, qu'ils fabriquaient avec des noix de galle percées d'allumettes, des concours de lance-pierres avec de vieilles boîtes posées sur un mur en guise de cible, ou des courses de chars d'assaut faits avec des bobines de fil vides dont ils crénelaient les bords et qu'un élastique passé dans leur axe et vrillé à se rompre par une branchette faisait avancer en se détendant. Les jeux n'étaient pas toujours aussi tranquilles, le jeudi précédent Alice avait conduit une expédition de dénichage de pies triomphalement terminée par une omelette que la mère d'Albert avait accepté de faire cuire et dont chacun avait mangé deux bouchées en se régalant, bien qu'elle fût exécrable. Alice était indispensable.

Il passa la prendre chez elle où sa mère, les yeux absents, autorisa une escapade dont elle avait à peine entendu la demande. Chez Albert, ils appelèrent en vain, sa grande sœur finit par sortir : Albert n'était pas là, il était parti avec son père semer de la luzerne.

— Qu'est-ce qu'on va faire ? dit Adrien.

— Attends que je cherche, dit Alice.

— On pourrait prendre un peu de mes sous à la maison et aller tirer des bonbons chez Sonnette.

— Non, dit Alice, elle est partie en tournée le jeudi, et j'ai jamais de chance avec sa fille

Sur le comptoir de l'épicerie, une roue montée sur socle portait dix cases marquées de dix à vingt, chacune entre deux pointes qui cliquetaient, lorsqu'on lançait la roue, sur le ressort d'une vieille baleine de corset indiquant en fin de course le nombre de bonbons gagnés. Le plaisir était d'entendre le cliquetis se ralentir, puis s'arrêter à la case fatidique, mais la vieille épicière, qui était la bonté même, corrigeait toujours le geste trop court des malchanceux en souriant de tout son visage rond et plat, où les yeux n'étaient que deux fentes. Elle faisait sa tournée dans une carriole bâchée en capote comme celles des conquérants de l'Ouest américain dans les gravures illustrant les romans du capitaine Mayne

Reid, ou dans un des films que projetait M. Loiseau, l'acrobate. Elle agitait pour signaler son arrivée la petite clochette qui lui avait donné son surnom, on pouvait lui demander aussi bien de l'huile, du savon, de la morue séchée, de la toile à tablier, de la grosse étoffe de laine à faire des limousines, des lacets, des aiguilles, des élastiques carrés pour lance-pierres, elle disait d'une voix douce et très haut perchée : « Attendez donc, je vais voir si j'ai ça » et disparaissait sous la bâche. Parfois, lorsqu'elle n'était pas rentrée à nuit noire, sa fille partait à sa recherche et trouvait la carriole arrêtée, sa mère et le cheval endormis tous deux, auréolés par la lumière de la lampe-tempête accrochée au sommet de l'attelage. Elle aimait beaucoup les enfants et glissait souvent à Adrien une spirale de réglisse ou une petite boîte de poudre de coco grande comme un dé à coudre, dont une pincée sous la langue ou dans un verre d'eau était un délice.

— J'ai jamais plus de treize ou quatorze avec sa fille, dit Alice, garde tes sous pour après. Attends, peut-être que... À quelle heure faut-il que tu rentres ?

— Pour déjeuner.

— Alors je crois qu'on a le temps. Tu sais ce qu'on va faire puisqu'on est tous deux ?

Elle baissa la voix et dit tout bas :

— On va aller voir si ce que tu as trouvé dans

le bois de Champarnaud sous les feuilles est toujours là.

— On ira ensemble, dit Adrien, un peu inquiet.
Tu viendras avec moi dans le bois ?

— Mais oui, puisqu'on est ensemble.

— Et même si on le trouve encore on n'en
dira rien à personne ?

— À personne, puisque c'est le secret.

— D'accord ! dit Adrien fermement.

Ils coururent vers l'étroit chemin empierré qui
descendait de la Bastière vers la vallée. Après la
dernière maison, la haie s'interrompait pour
dégager l'entrée d'une pâture, puis c'était un mur
assez bas, ils virent au bout du pré, de l'autre côté
de la route, le haut platane, et un peu plus loin
Émile, le vannier, qui travaillait près d'un feu
devant la roulotte et qui leva la tête en entendant
les pierres résonner ou rouler sous leurs pas. Ils
prirent sagement la route jusqu'à Pont-Bertrand,
firent un rapide écart jusqu'au lavoir pour le plaisir de voir l'eau transparente courir sur les
longues dalles plates, gravirent le sentier sous le
tunnel des ormes et bientôt libérèrent le montant
de la barrière du petit cercle de barrique qui la
retenait fermée sur un piquet. Adrien repoussa la
barrière derrière eux.

— Personne ne nous a vus sauf Émile, dit
Adrien, personne ne sait qu'on est là.

Alice remarqua tout de suite la maison de
mousse dessinée sous le frêne et dont les murs à

183

peine plus hauts que les fleurs de coucou avaient
été éparpillés dans un angle par la picorée des
merles. Ils s'assirent tous deux sur le tapis de
mousse et Alice soupira profondément, comme
arrivée enfin chez elle.

— C'est là que t'apprends tes leçons ? La
grosse pierre, c'est ta table ?

— Oui, pour poser mes cahiers. Quand j'en ai
assez de m'amuser tout seul, je lis mes livres.

— Comme on voit loin, ici ! dit Alice en tendant ses deux bras, là-bas c'est tout plat, ça va
jusqu'au bout du monde. Et peut-être qu'il y a la
mer après.

— Sûrement, dit Adrien.

Il regarda longuement Alice emportée par le
large espace. Des souvenirs revenaient, qui semblaient le préoccuper.

— Est-ce que tu es toujours malheureuse ? dit-
il enfin.

— Oui, dit Alice.

— Je te demande ça parce que chez nous j'ai
entendu mon père raconter à maman ce qu'il
avait lu dans le journal, j'ai cherché le journal et
je l'ai lu moi aussi. C'est vraiment arrivé. C'est
un garçon comme moi, dans une ferme, mais plus
grand que moi, on le faisait travailler tout le
temps, pire qu'un valet, on le punissait, on ne lui
donnait pas assez à manger. Alors comme il avait
faim il mangeait en cachette de la farine pour les
veaux. Et un jour sa patronne l'a trouvé la bouche

184

pleine de farine qu'il prenait avec sa main dans un sac, pour le punir elle lui a plongé la tête dans le sac et elle l'a tenu tellement longtemps qu'il est mort étouffé.

— Vraiment mort ? dit Alice. Mort comme mon papa ?

— Oui, mort, et on a mis la patronne en prison.

— Ça n'est pas le même malheur. Mais alors, toi ?

— Moi, mon père ne m'a battu qu'une fois.

— Battu fort ?

— Oui, une fois, très fort.

— Qu'est-ce que t'avais fait ?

— Une vache qui m'avait échappé pendant que je lisais. Elle avait trouvé une jeune luzerne toute fraîche, après elle s'est mise à enfler, j'ai cru qu'elle mourait. Mon père lui a percé la panse avec une petite lame faite exprès, elle a désenflé tout doucement et là, il m'a tapé, alors, sérieusement ! Et cette fois-là ma mère l'a laissé me calotter partout sans rien dire. Le lendemain je ne suis pas allé à l'école. Ça n'empêche pas que, maman et mon père, je ne suis pas leur valet, je suis comme leur fils.

— On t'appelle comme eux.

— Mon père s'occupe de moi, il m'emmène à la pêche, je mange très bien, je vais à l'école, maman m'embrasse. Et puis j'ai toi et Maria. Je ne peux pas être malheureux.

— L'histoire que tu m'as racontée, c'est tragique.

— Oui. Maman disait : « Pauvre petit, pauvre
petit. »

— C'est tragique, répéta Alice.

Elle se sentait à nouveau fragile, comme à
chaque fois que ce mot résumait le manque douloureux de son père, dont l'absence l'amputait.
Elle respira profondément, comme pour s'emplir
encore de l'immense paysage qui la ramena à
l'ombre douce du frêne, à la maison de mousse,
au petit bois voisin. L'objet de leur escapade lui
paraissait brusquement démesuré.

— Est-ce qu'on a le temps ou est-ce qu'il faut
repartir tout de suite ?

— C'est toi qui as la montre, dit Adrien.

L'expédition l'inquiétait lui aussi, non pas par
son trajet : son tablier protégerait cette fois son
chandail des épines qui glisseraient sur lui sans le
déchirer ; mais cet outil d'homme qui était peut-
être encore là-bas lui semblait soudain dange-
reux, maléfique, presque trop grand, il dépassait
son univers. Il en avait une appréhension confuse,
contre laquelle il réagit bravement en se levant.

— Viens, dit-il en prenant la main d'Alice, on
va d'abord aller jusqu'à ma cache.

Le mot « cache » parut guérir la petite fille de
toute frayeur, tant il éveillait sa curiosité. Adrien
l'entraîna jusqu'à l'entrée du passage, où les clo-

chettes bleues les plus éloignées de l'ombre du fourré commençaient à faner.

— On va se mettre à genoux. N'aie pas peur, dit-il, rien ne pique.

Ils se redressèrent en arrivant dans la nacelle entourée d'un taillis très serré, dont un bord était fleuri de pervenches, et s'assirent en se serrant l'un contre l'autre sur une épaisse et moelleuse couche de feuilles mortes. Le silence était profond, sous quelques cris d'oiseaux rendus moins vifs par le calme des couvaisons. Les murs arrondis et la voûte des feuillages donnaient à la cache l'aspect d'un nid protégé de toutes parts. Alice regardait cet asile avec de grands yeux joyeux brillant d'étonnement.

— C'est comme une maison, dit-elle tout bas. C'est *ta* maison.

Tout bas lui aussi, Adrien lui parla de Robinson Crusoé, lui raconta comment il jouait là tout seul comme s'il était sur une île déserte, lui montra la réserve à provisions où les fourmis avaient mangé le petit cube de pomme, lui parla des mousquets imaginaires, et des noix de galle qui en étaient les munitions : il songeait à ce qu'il allait maintenant posséder, dont la réalité écartait désormais toute idée de jeu. Il se retourna, et son regard maintenant accoutumé à l'ombre distingua à la lisière du bois les pierres écroulées du vieux mur dont le sommet noir se découpait sur la luminosité de la plaine.

— Reste là, murmura-t-il. Je t'appellerai si j'ai besoin d'aide.

Il rampa, à moitié à genoux, détournant la traîtrise de quelques ronces, relevant les branches trop basses des fusains sauvages, et atteignit enfin le tas de feuilles mortes dans la partie la plus sombre de l'encaissement. Il en écarta très lentement quelques-unes, retira vivement sa main rencontrant l'acier glacé, puis prit son courage devant ce qu'il avait à faire, qui était grave et irrémédiable, et découvrit entièrement le fusil. Il hésita encore, il pouvait refaire le tas de feuilles sans toucher à rien et repartir, mais il était presque allé trop loin maintenant, il savait que c'était vraiment un fusil, et puis Alice attendait. Il saisit l'arme par la poignée de la crosse et tira, elle se détacha de son lit de feuilles et brilla dans une lumière qui semblait venir du sol même. À reculons, tantôt sur les genoux, tantôt sur le ventre, halant sa prise par saccades, il revint jusqu'à la cache, où il s'assit avec un soupir de triomphe.

— Voilà, dit-il en poussant l'arme vers Alice qui s'écarta, stupéfaite.

— Est-ce qu'il est chargé ? dit-elle craintivement.

— On va voir, je sais faire, dit Adrien.

Certains dimanches d'hiver où le soleil brillait sur la gelée des labours, Lortier l'avait emmené chasser les alouettes au miroir, les petits oiseaux, ensorcelés par le scintillement des morceaux de verre enchâssés dans le bois tournoyant du miroir dont Adrien à trente mètres de là enroulait et déroulait sans fin la ficelle, planaient en voletant, Lortier tirait, Adrien bondissait vers la boule de plumes enfin saisie mais désormais sans vie qu'il serrait dans ses mains avec une horreur éblouie et rapportait comme une victoire. Il avait vu Lortier manier son fusil. Il saisit fermement la poignée de la crosse et poussa la clé, les verrous qui devaient avoir du jeu s'ouvrirent tout seuls, le canon bascula, une cartouche était encore engagée dans son logement, Adrien la retira avec effort, elle avait dû gonfler dans l'humidité du bois, elle était vide. Une très légère et surprenante odeur de poudre envahit la cache, qui prit soudain pour Adrien la dimension d'une forteresse. Il était à la fois abasourdi et transporté par ce vrai fusil qu'il tenait sur ses genoux. Alice avait pris la cartouche, qu'elle examinait curieusement.

— Elle a servi, dit Adrien. Tu vois le petit creux, là, sur l'amorce ? C'est par là que le feu se met à la poudre, Lortier me l'a expliqué.

Brusquement, avec une évidence qui le glaça, il comprit tout : cette arme était celle de l'assassin, la cartouche était celle qui avait tué le père d'Alice. Mais il se dit en même temps que ce fusil si terrible, il le tenait. Il tremblait, il avait un sentiment de victoire. Alice reniflait le tube de carton.

— Ça sent la mort, dit-elle.

— Oui, peut-être, dit Adrien.

— Et s'il revenait le chercher ?

— Qui ça ?

— Celui qui courait, la veste marron.

— Il serait déjà venu, il veut que ça reste caché.

— J'ai un peu peur.

— Mais non, dit Adrien.

Il grattait de l'ongle de petites lunules de rouille très claires que les feuilles avaient laissées sur le canon. Il ferma le fusil vide, l'essuya rapidement avec son mouchoir, l'ouvrit, le ferma de nouveau. Il l'approcha de l'oreille d'Alice.

— Écoute, dit-il.

Il appuya sur l'une puis sur l'autre détente, il y eut deux petits bruits clairs et secs. Le mince visage triangulaire était très pâle, ses yeux immenses regardaient Adrien fixement. Il posa le canon sur la petite fourche de bois qui soutenait d'ordinaire les bâtons puérils figurant des mousquets. Il s'habituait. Il rangea la cartouche vide près des noix de galle, une sorte de fièvre le faisait presque exulter maintenant, la griserie que donnaient l'odeur d'acier huilé de cette arme, son toucher lisse et froid, son poids redoutable, l'idée qu'elle était assassine mais que maintenant elle était à lui.

— Qu'est-ce que tu vas faire ? dit Alice d'une toute petite voix.

— Cet après-midi, tu garderas mes vaches un petit moment, je viendrai là, j'apporterai des chiffons et j'enroulerai le fusil dedans bien serré. Personne ne le trouvera là, même pas l'autre homme s'il le cherche. Il est à nous.

— Comme le secret, dit Alice.

Elle baissa les yeux longtemps, puis brusquement planta dans ceux du garçon son regard miroitant comme les feux sur lesquels voletaient les alouettes.

— Embrasse-moi, dit-elle tout haut.

La voix soudain forte après les chuchotements, et ce qu'elle disait, émerveillèrent Adrien. Il prit gauchement la petite fille dans ses bras, l'inclina jusque sur les feuilles en la serrant contre lui, dans une joie céleste. Les yeux s'agrandirent très près de lui jusqu'à devenir une seule prunelle mauve, puis la tête pencha sur son épaule des vagues de boucles claires, il posa doucement ses lèvres sur une tempe où frisaient de légères mèches blondes, caressa les cheveux, embrassa la joue, très longtemps. Brusquement il eut l'envie monstrueuse de dénuder sauvagement Alice, de l'embrasser partout comme autrefois dans la haie, de la serrer éperdument contre lui, mais ce fut l'éclair d'un désir défendu qu'il cadenassa. Il entendit la voix très basse d'Alice murmurer dans son oreille ce qu'elle lui avait déjà dit une fois.

— Quand je serai grande, je veux qu'on reste toujours tous les deux.

— Toujours, dit Adrien tout bas.

Un sentiment nouveau le soulevait, une fierté grave, immense, presque douloureuse ; elle impliquait confusément un devoir inconnu qu'il savait seulement inexorable et qui l'exaltait. Il embrassait Alice en pensant victorieusement que maintenant elle était heureuse.

*

Au soir, le portail de la Guérinière était grand ouvert et déjà Sirène avait devancé le troupeau et lui barrait la route, mais les bêtes avaient l'habitude de ce retour et entrèrent paisiblement dans la cour.

— Est-ce qu'elles ont bu ? cria Fernand de la grange.

— Oui, au gué, cria lui aussi Adrien.

— Tes chèvres n'ont pas trop fait les folles ?

— Non, à la Noue, jamais. Mais la Roussette m'a encore échappé, j'ai été la chercher dans les peupliers.

— C'est son caractère, à cette vache, dit Fernand. La litière est faite, je vais attacher tout ce monde-là, ne t'en occupe pas. Tu sais tes leçons ?

— Il m'en reste une.

— Ah ! dit Fernand de bonne humeur, t'as

donc bien dû t'amuser au champ. Rentre vite l'apprendre.

Adrien avait déjà défait les attaches de son sac et posé son bâton. Il courut vers la maison, où Clémence avait dû tuer un lapin, la poêle était près du feu, la cuisinière chauffait au rouge et un torchon ensanglanté traînait encore sur la table de la souillarde. Elle sortit en l'entendant du réduit qui servait de laiterie.

— Ça sent bon la tarte, dit Adrien.

— Aux prunes séchées, dit Clémence en souriant. Et je t'ai fait un chausson au sucre pour demain.

— Ah ! merci, maman ! dit joyeusement Adrien.

C'était son dessert préféré. La cuisine et la tarte en milieu de semaine lui semblaient signe qu'on aurait de la compagnie.

— Oui, dit Clémence, Zacharie remplace les vieilles planches du fenil, ton père lui a dit de souper avec nous.

— J'apprends ma leçon et je vais le voir, cria Adrien dans l'escalier.

Il faisait d'ordinaire son travail d'écolier dans la grande pièce, bien que livres et cahiers fussent rangés sur une petite table dans sa chambre, mais la lucarne du grenier l'éclairait mal et Clémence trouvait que l'ampoule allumée coûtait cher. Il s'était bien amusé en effet à la Noue, ils avaient commencé à faire un barrage à la sortie du gué. Auparavant, sans qu'on le voie, il était revenu à Champarnaud. Malgré sa peur dans le bois solitaire où rien ne ressemblait plus au matin, il avait fait ce qu'il devait, le fusil bien essuyé était maintenant enveloppé de chiffons, glissé sous des branches de troènes entrecroisées, et quasi invisible. L'énormité de ce secret, désormais inséparable d'Alice, donnait à Adrien une audace qui le surprenait, elle le disposait sournoisement à outrepasser ses habitudes et même à affronter des interdits. Par instants l'idée de ce qui dormait là-bas dans cette cache l'oppressait, puis cette angoisse s'effaçait, brouillée par le glorieux orgueil de toutes les frayeurs qu'il avait vaincues pour dominer ce dont même certains hommes avaient peur. Il alluma l'électricité, monta sur sa chaise et chercha sur la poutre, entre deux solives, le carnet où il consignait ce qui lui semblait important, ou seulement des phrases qu'il trouvait belles, mais ce qu'il relut lui parut lointain : sa matinée dépassait tout cela, la raconter l'aurait réduite à ressembler aux jours passés, les mots auraient appauvri son pouvoir. Il remit le carnet à sa place.

La leçon apprise, il descendit en sifflotant dans la cour, où Fernand sortait de l'étable avec des seaux pleins de lait. Il ne trayait pas souvent ses vaches et Adrien sourit de plaisir en le voyant ainsi, solide et fort, portant ses seaux. Devant l'étable une échelle avait été dressée jusqu'aux volets ouverts du fenil et on frappait au marteau là-haut. Il y grimpa et distingua d'abord un fagot de larges lames de parquet dont les dimensions expliquaient qu'on les eût montées de l'extérieur, puis vit Zacharie qui travaillait à changer le plancher bordant les évidements par lesquels on faisait directement tomber le foin dans les râteliers.

— Ah ! Voilà mon apprenti, dit joyeusement le vieux menuisier. Justement j'ai besoin d'une main pour tenir ma planche. Fais attention à ne pas tomber devant le nez de tes vaches. Cale ton pied là et pousse la latte. Très bien !

Les planches étaient rainurées, une fois emboîtées et bien serrées au maillet, il les clouait de biais, puis chassait les pointes de telle sorte que leur tête disparaisse dans le bois. L'odeur franche du sapin fraîchement raboté tranchait sur les senteurs plus diffuses du foin. Lorsque le marteau s'arrêtait on entendait sous le plancher le cliquetis des attaches que les vaches remuaient, et plus loin le bêlement insolite d'une chèvre qui s'était peut-être pris la patte dans sa chaîne et qui se plaignait.

— C'est trop noir dans ce coin, dit enfin Zacharie, je ne vois plus que la moitié de ma misère, je finirai ça demain matin. Mon marteau te réveillera, garçon.

Adrien descendit l'échelle intérieure. Derrière son dos, la chèvre bêlait toujours, ce devait être la mère. Dès qu'il eut pied à terre il la chercha des yeux et brusquement s'alarma ; elle bêlait en fouillant du museau la paille où aurait dû être couché le petit chevreau. Adrien bondit dans la cour, son père sortait de la cave dont il refermait la porte d'une main, tenant de l'autre les bouteilles du repas. Adrien courut, étreint par ce qu'il avait déjà deviné et qu'il repoussait avec violence, et se précipita vers son père les poings en avant, la voix nouée.

— Mon chevreau ? cria-t-il, mon petit chevreau ?

— Ah ! dit Fernand très doucement, tu as vu ! On s'en doutait bien, ta mère disait bien que ça te ferait de la peine, mais c'était forcé. Ton petit chevreau, on en mangera un peu ce soir.

— Vous l'avez tué ?

— Eh oui ! Tu vois bien ! dit Fernand en montrant le fumier dont le sommet noir rayé de paille sale dépassait le mur qui le séparait de la petite mare où nageaient encore des canards.

C'était si terrible qu'Adrien serra ses deux poings contre sa bouche, sans crier, le visage crispé de sanglots muets : sur le fumier la tête du chevreau regardait le ciel, prolongée par la dépouille flasque de sa peau, d'où sortaient de petits sabots écartelés.

Un chagrin furieux le saisit soudain, il se précipita sur son père, le martelant de ses poings, criant « Non ! non ! », obligeant Fernand à reculer pour ne pas être déséquilibré. Déconcerté par cette violence, Fernand le repoussa de sa main libre et dit d'un ton qu'il voulait apaisant : « Allons, voyons ! Adrien, arrête, voyons ! » Le garçon cessa brusquement de frapper, pleurant silencieusement. Fernand posa ses bouteilles, s'assit sur le muret de l'escalier et prit Adrien par la main.

— Assieds-toi là, mon bonhomme, dit-il en montrant son genou. Il faut que je t'explique quelque chose. Tu m'écoutes bien ?

Adrien hocha la tête dans ses larmes.

— Ce chevreau, on aurait pu le laisser grandir, mais on a déjà six chèvres, c'est bien assez pour les fromages, ta mère a peine à traire tout ça, tu comprends ? Alors on l'a élevé comme les oies et les lapins : pour la nourriture, comme le cochon de cet hiver. As-tu pleuré quand on a tué le cochon ? Non ? Peut-être que tu aurais pu pleurer pour lui, même si tu ne l'aimais pas.

— Il ne faut pas tuer ce que j'aime, dit Adrien en hoquetant. Le cochon, ça m'est égal.

— Écoute bien ! Une ferme comme la nôtre, c'est d'abord des champs, puis des animaux. Pour nous, les paysans, c'est la même récolte. Tu récoltes dans les champs, et tu récoltes dans les étables, dans les poulaillers, dans les porcheries.

Il continua, à mots malhabiles, avec une grande patience, à énoncer la dure évidence qui gouvernait la maison : on cultivait et on élevait pour manger. Tout allait de pair, la mise bas et l'ensemencement, l'embouche et l'engrais, la tuerie et la moisson. Et tuerie et moisson étaient des fêtes parce qu'elles signifiaient le fruit d'un long travail, parce que la viande et le pain nourrissaient. Et de même on récoltait ce qui poussait ou vivait dans la sauvagerie, les paniers pleins de champignons, de cerises guignes ou de mâche des champs, les filets garnis de poissons, les carniers gonflés de beaux lièvres. Ceux des animaux qu'on n'élevait pas pour les tuer, on leur demandait d'être utiles, les vaches pour le lait, le cheval pour le trait, le chien et le chat pour la garde et la chasse, les autres étaient condamnés dès leur naissance. Il valait mieux être né garçon que chevreau.

— Tu ne lui as pas fait trop mal ? dit Adrien, qui essayait de réprimer ses sanglots.

— Bien sûr que non ! Ça, je te le jure. Allez ! essuie tes joues et porte donc ces deux bouteilles à la maison.

Adrien se moucha et partit, quand il fut à quelques pas, Fernand dit tristement, en élevant la voix :

— Il va falloir que tu te durcisses le cœur, garçon !

Adrien ne se retourna pas, ne jeta pas un regard vers le fumier ni vers l'étable, où Zacharie qui avait dû ranger ses outils descendait tranquillement du fenil. Il entra dans la maison et posa les deux bouteilles sur la table. Clémence, qui avait mis sa poêle au feu, vit son visage, s'essuya rapidement les mains à son tablier et serra Adrien contre elle en l'embrassant sur le front.

— Il fallait bien que ça arrive, dit-elle doucement. Tu verras, tu vas l'oublier. Peut-être que le prochain, on le gardera.

Le dîner fut pourtant très vif, grâce à Zacharie. Sa présence contraignait Adrien à dominer son chagrin, et même s'il mangeait à peine, il écoutait. Fernand était dans ses bons jours, l'esprit agile et gai, sa matinée semblait l'avoir lavé et rajeuni ; comme à chaque fois qu'il travaillait ses champs, il se sentait restauré dans sa dure dignité paysanne, la brûlure sauvage que seul le vin pouvait apaiser dormait, il oubliait qu'elle était tapie au fond de lui. Il buvait à sa juste soif et remplissait plus souvent le verre de son hôte que le sien. Il retrouvait à ces moments-là la curiosité qui le faisait autrefois s'intéresser à tout, et surtout à ce qui dépassait son propre monde, à un ailleurs qu'il ne connaissait que par le journal. Il avait habilement poussé Zacharie sur le chapitre de son Tour de France et le vieux menuisier racontait comment il avait d'abord travaillé à Tours et aux ateliers de marine de Nantes, où tout jeune encore il avait appris les rudiments de l'art du trait, puis à Bordeaux, où son patron lui avait enseigné l'art de tracer et de travailler des pièces rampantes, gauches et courbes et à dessiner un beau giron d'escalier, un panneau de chaire d'église ou le cintre d'une corniche. Il décrivait les grandes beautés des fleuves et des ponts, les cathédrales, les ouvrages d'architecture dont il savait encore les cinq ordres, il évoquait la façon de vivre des gens de ces pays, ce qu'ils cultivaient dans les campagnes, les arbres inconnus qu'il avait trouvés en descendant vers le Midi, les oliviers, les micocouliers et même les citronniers. À Narbonne, il avait touché l'énorme grenouille du bénitier de la cathédrale. Il était allé jusqu'à Saint-Gilles-du-Gard où tant de Compagnons tailleurs de pierre avaient gravé leur nom sur les parois du mystérieux escalier dont on ne savait plus très bien comment les pierres avaient pu être taillées et assemblées. Son Tour s'était fini à Angoulême dans les wagons à bestiaux qui l'amenaient au front, mais, bien que ce sujet intéressât beaucoup Fernand, Zacharie refusait de parler de la Première Guerre.

Silencieuse, Clémence servait son monde, attentive à tout. Lorsque vint la viande qu'elle avait fait sauter à la poêle avec de l'ail vert elle mit sans un mot devant Adrien une terrine du pâté qu'il aimait, dont il la remercia du regard, mais qu'il toucha à peine. Il écoutait sans entendre, comprenant çà et là des bribes de ce que disaient les deux hommes, il situait instinctivement sur la carte de France les villes que Zacharie nommait, mais plus souvent le chagrin se refermait sur lui, confus, violent ; il y entrevoyait la mort, celle qu'Alice avait approchée. Les événements du matin lui semblaient très anciens et presque irréels, ils reculaient dans un passé clos où le souvenir du fusil le gênait, il aurait préféré que le fusil eût disparu de sa vie en emportant la sourde inquiétude qui seule restait de ce que l'arme avait éveillé.

Lorsqu'il eut mangé sa part de tarte, Clémence lui fit observer l'heure, et qu'il était temps d'aller au lit. Il salua Zacharie, dit bonsoir à son père, qui ne se contenta pas comme d'habitude de poser la main sur son épaule mais l'attira à lui et l'embrassa.

— J'irai te border tout à l'heure, dit gaiement Clémence pendant qu'il refermait la porte.

Adrien longea le couloir obscur. Bien qu'il ne l'eût pas montré, les longues justifications de son père ou la douceur de sa mère pour apaiser son chagrin n'avaient pas diminué son ressentiment. Peut-être voulaient-ils se faire pardonner, mais ils étaient coupables. Il se sentait seul avec son chagrin, dépossédé de la petite fourrure tendre qu'il avait aimé caresser, définitivement seul et devinant confusément qu'il en serait toujours ainsi. Il ne prit pas l'escalier tout de suite mais ouvrit silencieusement la porte d'entrée et se glissa dans la cour.

Il était tard lorsque Zacharie prit congé. Pendant que Clémence débarrassait la table et rangeait la nourriture au frais dans le garde-manger de la souillarde, Fernand fit un tour aux écuries, gâta son cheval d'un peu d'orge, mit une poignée de sel dans la mangeoire de la vieille chèvre, qui cessa de bêler. Il était content, la lune était au beau temps, le trèfle sécherait sans risque, il avait bien parlé à son garçon. Il prendrait tout juste un demi-verre de vin avant d'aller dormir, et cette retenue ajoutait au sentiment que sa journée avait été accomplie.

Dès que tout fut rangé Clémence se lava les mains et monta embrasser Adrien. Il y avait un rai de lumière sous la porte, qu'elle entrebâilla. Adrien dormait. La tête du petit chevreau reposait près de lui sur l'oreiller, dépassant d'un sac dans lequel il avait soigneusement roulé la dépouille ensanglantée et qu'il serrait contre lui à pleins bras. Sa main caressait encore la tache blanche, dans le creux familier entre les deux petites bosses qui n'avaient pu devenir des cornes. Les yeux de cette tête, bordés de longs cils, étaient voilés de vert, une langue grise pointait entre les dents serrées et semblait lécher le front de son compagnon.

Clémence sourit tristement, éteignit la lumière, descendit à pas de loup dans la cuisine et s'assit sur une chaise, la main posée sur la toile cirée de la table, lasse, la gorge nouée par une peine sans fond. Elle n'avait pas su consoler le petit. Il fallait encore faire la vaisselle, traire les chèvres. La nuit commençait.

X

ZACHARIE

Zacharie ne dormait pas. De son lit orienté tel qu'Angèle l'avait voulu autrefois, il suivait par la fenêtre ouverte le lent parcours de la pleine lune de mai, dont la clarté donnait à toutes les formes une même matière secrète. Bien qu'il fût vieux et malgré les années son souvenir replaçait Angèle dans cette chambre où elle pensait que la lune et sa liqueur laiteuse l'aideraient à avoir des enfants. Plus tard, lorsque son ventre avait lentement suivi le grand cours de l'astre, elle en avait remercié Dieu et la lune, sans que ni elle ni Zacharie, qui étaient dans le bonheur de cette attente, eussent une seule fois songé que ce serait sa perte : elle était morte en couches, en même temps que l'enfant. Tout ce qui s'était arrêté là, et dont il n'avait mesuré la ruine que plus tard, avait achevé de détruire sa foi, que la guerre avait déjà brisée. Mais la lune avait gardé pour lui une lumière où se reflétait la douceur de son amour pour sa femme. Il la revoyait, accoudée à la fenêtre dans sa longue chemise de nuit dont la blancheur se fanait pour devenir elle-même lunaire. Il se souvenait que sa sœur récitait autrefois avant le sommeil : « Lune, mon beau miroir d'argent, fais-moi voir en dormant qui sera mon galant » ; elle racontait qu'elle avait vu plusieurs fois, toujours bordé de noir, le visage du garçon qu'elle avait ensuite épousé, et qui avait été tué dès les premiers mois de la guerre. Sa grand-mère était certaine que la silhouette qui se dessinait sur la lune était celle de Job portant éternellement son fagot, à qui il fallait demander, après ses prières, qu'il vous protège de la rage des mauvais chiens, de la morsure des serpents, de la tentation de Satan. Zacharie, les yeux ouverts sur cette grande face pâle passant dans sa fenêtre, y voyait plutôt une sorte de sourire triste.

Son Tour de France et la guerre lui avaient appris à ne s'attacher ni aux objets ni aux lieux il ne tenait qu'à ses outils et à ses livres, et aimait voyager. Il avait travaillé d'un atelier à l'autre, de Tours à Saintes, et il se souvenait de cette époque comme d'une enfance, insouciante et vagabonde. Il avait reçu son nom de Compagnon, sa canne et ses couleurs à La Rochelle, ses joints à Nantes, il était devenu Compagnon fini à Angoulême ; à Surgères il avait travaillé chez maître Vernoux, dont Angèle était la fille. Mais le frère d'Angèle avait son établi dans l'atelier, un jour il y serait le patron, Angèle et Zacharie n'avaient pas là d'espérance. Après le mariage, ils avaient quitté Surgères pour Niort, puis son père lui avait offert de partager la petite menuiserie du village, où il avait tout de suite installé une dégauchisseuse électrique et dont la clientèle, qu'il appelait sa pratique, avait doublé en deux ans. Zacharie savait tracer toutes les formes et parfaitement couper le bois, il sculptait et chantournait les frontons et les basses traverses d'armoire, dressait à Niort des intérieurs de magasins, mais montait aussi bien tout seul une charrette à laquelle Barberade, le charron, donnait ses roues. Après la mort d'Angèle il s'était senti comme un gant sans main, incapable de rien saisir, tout ce qui le charpentait s'était effondré. Il s'était tué au travail, avait formé plusieurs apprentis et transmis sa science comme le voulait son Devoir à des Compagnons que la réputation de son savoir-faire attirait, auxquels il ne refusait jamais l'embauche. Il savait qu'il était le maillon d'une chaîne qu'il avait la charge de ne pas rompre. Un jour il avait trouvé dans le bâti d'une commode qu'il restaurait un très vieux papier plié, sur lequel il avait lu : « Salut au menuisier qui défaira cette commode et trouvaira ce papier. Qu'il fasse dire une messe pour le repos de mon âme, Charles Vigneron, Bressuirais La Ténacité. » Zacharie ne connaissait que la religion réformée mais il était allé trouver le curé et Charles Vigneron avait eu sa messe, salut et fraternité, mon Pays !

L'âge venant, il avait d'abord condamné un des trois établis de l'atelier, puis un deuxième. Maintenant le sien seul servait aux quelques travaux à faire dans le village. Il était redevenu un petit menuisier comme l'avait été son père et seuls ses élèves se souvenaient de Poitevin Noble Cœur, maître menuisier du Devoir, à qui il fallait maintenant des lunettes pour tracer juste. Il se disait avec un grand plaisir que son métier et sa vie s'étaient si bien mêlés qu'ils avaient épousé la même courbe. Pendant la Seconde Guerre, sa solitude lui avait au moins permis de cacher ces grands aviateurs roux et le petit jeune avec son poste de radio, qui s'était fait tuer plus tard dans un accrochage. Maintenant, quand il était seul et inoccupé, son caractère naturellement gai et sociable tournait souvent vers la mélancolie : le visage d'Angèle, à qui les années avaient laissé la jeunesse intacte qu'il voyait sur leur photographie, ou plutôt la tristesse confuse de son absence, revenait douloureusement hanter le vieil homme qu'il était devenu. Elle était là, accoudée à la fenêtre, ruisselant du suc crayeux de la pleine lune.

— Laisse-moi te raconter tout ça, ma petite Angèle, monologua Zacharie. Ce Germain Brunet, lui dire bonjour bonsoir et deux ou trois mots quand on va se faire couper les cheveux chez Cécile, d'accord ! Mais je ne peux pas dire que c'était de franche entente avec lui. Son air bon enfant et ses sourires, il vous offre ça deux mains trois cœurs, un peu trop pour qu'on ne s'en méfie pas au bout du compte. Et finalement toujours en train de se tresser des couronnes, tout ce qu'il fait va devenir merveille. Et qu'est-ce qu'il fait ? Il a d'abord creusé et maçonné deux grands bassins dans un champ qu'avait son beau-père au-dessous de Fontmaillol, paraît-il que l'eau est si froide que les truites dans ces bassins vont devenir dix pour une en un clin d'œil, mais comme cette eau-là est tout juste sortie de terre elle ne charrie rien à manger, il a donc fallu nourrir les poissons tous les jours à la poudre de crevettes. Et comme les hérons sont arrivés, il a fallu se battre contre les hérons, et clôturer à cause des voleurs. Finalement tout ça est devenu à l'abandon, les casiers des bassins s'effondrent, les murs sont bons pour les anguilles, l'abri des sacs et des épuisettes pour engraisser et prendre ces fameuses truites sert de cache aux chasseurs de grives dans les peupliers. Après, il a voulu une basse-cour de coqs, des petits coqs batailleurs aux queues rousses, mordorées, bleutées ; un dimanche matin qu'on était là trois ou quatre à attendre pour se faire raser par Cécile il nous a montré ça et je dois dire qu'il n'était pas maladroit : il ligature une ou deux plumes en les entourant sur un hameçon serré dans un petit étau, il coupe au ciseau les barbes trop longues, et c'est une mouche artificielle à jurer qu'elle est une éphémère, une demoiselle, une mouche de mai. Il a vendu ça un moment dans les magasins d'articles de pêche à Saint-Maixent ou à Niort, et puis on n'en a plus entendu parler, les coqs se sont peut-être déplumés ou les mouches n'ont pas nourri leur homme. Le voilà qui se lance après ça dans l'élevage des poneys, mais au lieu d'arranger l'ancien pré aux truites et son ruisseau, il clôture dans les Minées un champ pauvre, sans une feuille pour faire de l'ombre, où il installe une moitié de vieille barrique, parce qu'il faut apporter l'eau. Les quatre poneys et l'âne enfermés là ont eu tôt fait de peler l'herbe, il a fallu monter un râtelier et leur donner du foin. Mais les bêtes aussi sont dures entre elles, les poneys n'ont jamais voulu que l'âne ait son foin, il y en avait toujours un devant le râtelier pour le chasser. Le pauvre âne a fini par être si faible qu'il passait son temps couché en plein soleil, il ne se levait qu'en voyant Maria qui avait pitié de lui, qui lui tendait à travers le grillage des fanes de carottes ou des poignées d'herbe ou du son, qu'il mangeait dans sa main. Germain se moquait bien de tout ça, Maria a fini par venir presque tous les jours, elle disait : « Regardez-le, ce pauvre âne, le malheureux, avec son œil triste et ses grands cils ! »

« Va savoir pourquoi Germain part huit jours sans dire où il a mis les clés du cadenas qui ferme la barrière. Cécile prétend qu'il est allé à la noce d'un de ses neveux, les mauvaises langues parlent de prison sans rien savoir au juste, et c'est vrai qu'on finit par prendre garde à ne rien laisser traîner quand Germain passe, parce qu'il a la réputation d'avoir la main prompte pour chaparder des bricoles ; ce pauvre Simon m'avait dit que la Société de chasse le surveillait depuis qu'on l'avait surpris la nuit avec un long filet tendu au ras le long du bout d'un champ de topinambours, il descendait tout doucement le champ en poussant une compagnie de perdrix qui piétait devant lui avant d'aller donner tête baissée dans le filet. Toujours est-il qu'il était parti en plein été, en laissant son pré, la barrique à sec et ses bêtes mourant de soif, et Cécile qui s'en moque. Maria ne savait plus que faire, elle est allée trouver Mainson, qui a un réservoir monté sur un vieux train de charrette pour transporter l'eau quand il traite ses vignes. À eux deux ils ont installé un bout de chéneau posé sur le grillage jusqu'à la barrique et ils l'ont remplie. Voilà les poneys sauvés, qui boivent à n'en plus finir, mais ils n'ont jamais laissé s'approcher l'âne, qui tenait à peine debout. Finalement l'âne s'est couché, puis il est mort. À partir de là, je me suis dit que ce Germain avait un cœur de pierre.

Zacharie se poussa sur le côté du lit pour suivre la lune qui glissait. Il avait vu de méchantes gens un peu partout, des patrons insensibles, avares, des ouvriers sournois et fourbes, des Compagnons batailleurs et même des voleurs, qu'il fallait exclure de la Société, dont on cassait la canne et brûlait les couleurs. Au village, quand il était plus jeune, c'était Rabistoque qui faisait peur, avec l'autre apôtre qui le suivait comme un chien, on l'appelait l'Hirondelle parce qu'il grimpait en haut des peupliers pour les élaguer ; tous deux chafouins pour demander le sou du samedi chez Méhus de Cherves, mais deux pèlerins à ne pas trouver le soir au coin d'un bois. Quand sa sœur avait fait son apprentissage de couturière chez cette vieille si mauvaise, qui la lardait de petits coups d'aiguille au moindre point de travers, Rabistoque l'avait attendue deux ou trois fois dans la vallée qu'elle devait traverser pour rentrer, il la poursuivait en la menaçant. Zacharie avait pris la pique à loup de son grand-père, un bâton solide ferré d'une petite fourche à deux pointes, et lui aussi était allé attendre Louise ; il s'était expliqué avec Rabistoque et l'autre se l'était toujours tenu pour dit. Mais ni Rabistoque ni l'Hirondelle n'auraient jamais tué personne, c'étaient des détrousseurs maladroits et ivrognes, des maraudeurs rustiques.

Cette affaire incroyable, si terrible que le disque pâle en souriait là-haut de pitié, c'est le poissonnier qui en a donné le premier indice. Le poissonnier sait tout du village, au hasard de ses tournées, devine mots et gestes, écoute les racontars, colporte les nouvelles ou garde les secrets surpris pour les révéler quand il le voudra, comme une arme. C'était l'après-midi, peut-être une demi-heure après l'heure supposée du double crime, il arrivait au carrefour, en haut du chemin pierreux qui descend raide au pont-d'en-bas. Il a vu un homme monter ce chemin en courant, puis obliquer brusquement lorsqu'il a aperçu la voiture vers les sentiers qui mènent à l'arrière du village. Il ne l'a pas vu assez longtemps pour le reconnaître, mais il est sûr que la veste de l'homme était marron, il lui semble que c'était une veste de chasse avec la poche-carnier lourde et tendue, sur les reins. L'heure, et surtout le fait que l'homme courait en remontant une pente où d'ordinaire on souffle un peu, ont beaucoup intéressé les gendarmes. En voilà un qui était pressé de rentrer, qui changeait de route pour ne pas être vu, qui coupait vers les sentiers du haut, dans des chaumes incultes et des taillis où il ne passe jamais personne. À supposer que ce particulier soit l'assassin, c'est quelqu'un d'ici.

Impossible d'interroger tous les hommes d'un village dont deux sur trois étaient dans les champs à l'heure qu'a indiquée le poissonnier, souvent seuls, avec des alibis incontrôlables. En revanche on peut songer à vérifier les armes, qui sont restées cachées pendant la guerre pour échapper à la confiscation, et qui viennent tout juste de ressortir. La liste des permis de chasse a donné les noms des possesseurs de fusil, chez qui les gendarmes ont mené une longue enquête, sans négliger les maisons des veuves ou des vieux que le maire a désignées, où on avait pu garder une arme ancienne. C'était le cas de Maria, chez qui le fusil d'Abraham était encore dans le corps de l'horloge, tout propre à l'extérieur mais les canons mangés de rouille. L'enquête a révélé que presque tous les chasseurs avaient des armes nettoyées, avec une graisse figée depuis plusieurs mois ; les traces de poudre laissées par les négligents ont été analysées, aucune n'était fraîchement brûlée. Les fusils diffèrent peu, beaucoup sont des Robuste de la Manufacture, il y a trois fusils à chiens et deux Lefaucheux avec cartouches à broche, un chez Amédée Gornard, qui, à quatre-vingts ans, fait encore à tout coup son doublé de perdrix, l'autre chez Germain Brunet. Les contrôles n'ont rien donné.

Un des gendarmes a eu l'idée de s'intéresser aux munitions, que presque tous fabriquent eux-mêmes. Chacun a sorti ses réserves de plomb, d'amorces, de douilles, de bourres, de cartons, ou ses cartouches achetées toutes faites. Personne n'a encore commencé à fabriquer ses cartouches et les douilles vides étaient nombreuses, souvent bien rangées avec les boîtes d'amorces neuves. Le vieux Amédée Gornard avait une cinquantaine de douilles à broche, Germain Brunet en avait trois. Ça n'allait pas.

— Mais si, bien sûr que ça va ! a dit Germain, vous ne croyez quand même pas que je chasse

212

avec cette pétoire ? Mais comment voulez-vous que je vous montre mon Robuste, je l'ai donné à vérifier.

— Tiens, c'est vrai, ça, dit Cécile étonnée, voilà un moment que je ne l'ai pas vu à sa place, ton fusil.

— Tenez, voilà les douilles, une bonne quarantaine, et les amorces à percussion centrale. Ma foi ! je vous ai montré le fusil du grand-père, puisque vous vouliez voir un fusil. Je vous porterai mon Robuste dès qu'il reviendra, il sera comme neuf.

— Et où l'avez-vous donné à vérifier, ce Robuste ?

— Où ? Où est-ce que je l'ai donné ? Mais chez Sabiron à Niort, naturellement.

— Et vous n'auriez pas un papier quelconque, une reconnaissance de dépôt ?

— Moi ? Chez Sabiron ? Une maison que je connais voilà bien quinze ans ! Mais est-ce que vous ne me croiriez pas, par hasard ?

— Mais bien sûr que si, mon cher monsieur, que je vous crois.

— Parce que, si vous voulez, je peux aller le chercher tout de suite et vous le faire voir, ce fusil.

— Mais non, mais non ! Chez Sabiron, naturellement ! Bien sûr que nous vous croyons, cher monsieur Brunet. Mais sans trop vous déranger, est-ce que nous pourrions voir votre veste de chasse ?

— Ma veste ? Mais je ne sais même pas où elle est, ma veste !

— Ta veste marron ? dit Cécile, c'est moi qui l'ai lavée mais elle n'est pas encore repassée.

— Ça ne fait rien, madame Brunet, aucune importance, c'était un détail, juste pour savoir. Merci beaucoup.

Les gendarmes pas plus tôt partis, Germain dit le lendemain à Cécile qu'il faut qu'il aille voir son oncle à Parthenay, qu'il n'a pas de nouvelles depuis un moment, il faut soigner l'héritage. Il met son costume, fait son sac, sort de la grange la vieille Citroën qu'il a achetée pour étonner tout le monde, jette le sac derrière, se retourne. Il y a un gendarme devant le capot.

— Et où allez-vous comme ça, mon cher monsieur ? Chez Sabiron ?

— Je circule comme je veux. On est maintenant dans un pays libre, ou non ?

— Ça, dit le gendarme, qui change de manière d'un seul coup, c'est une autre paire de manches. Alors, tête de chien, tu veux nous jouer la fille de l'air et revenir trois jours après jamais ? T'as signé ton crime ! T'es le seul à avoir perdu ton fusil que ton armurier n'a jamais vu. Et je te garantis que tu vas nous dire où tu l'as caché.

Et il lui passe les menottes.

Dans le village, on n'aime pas les gendarmes, ni leur loi, qu'on est bien obligé de suivre, ni cette curiosité à propos des armes et des munitions, qui fait suspecter tout le monde. Quand on apprend qu'ils ont pris Germain, c'est la foudre qui tombe. D'abord on se méfie, ce n'est pas possible, pourquoi donc aurait-il fait ça ? Mais le bruit court qu'il a avoué. Parce que Germain s'est effondré devant Cécile qui hurlait en essayant de le frapper et que les gendarmes laissaient faire, jusqu'au moment où Cécile a éclaté en sanglots et s'est laissé conduire chez son voisin. Germain a tout raconté. Il descendait de temps en temps dans la vallée par le petit chemin de la Bastière pour remonter par l'Outremont, que la Société avait mis en réserve de chasse. Là, il faisait son tour comme un promeneur, mais en ouvrant l'œil. Certains jours, il ne voyait rien. Mais quand il avait repéré une haie d'où s'envolait toujours un coq faisan, ou localisé un gîte de lièvre, il revenait vite à la maison pour repartir avec son viatique ordinaire : le fusil cassé, la crosse dans la poche-carnier, le canon glissé entre les omoplates ou dans une jambe de pantalon, ni vu ni connu, à l'heure du déjeuner les champs sont vides.

Ce malheureux jour, il se promène comme s'il cherchait des morilles, mais il est en retard. Il longe la grosse haie qui sépare le chaume de la plaine, au milieu de touffes de genêts, à l'abri du vent, et brusquement il voit un énorme lièvre gîté là, à moitié caché par de la folle avoine, les oreilles couchées sur le dos, il a presque marché dessus. Il continue comme si de rien n'était, dégringole au ruisseau, traverse à la pêchoire et remonte sans rencontrer personne jusqu'au chemin pierreux qui le mène presque à son jardin, derrière chez lui. Cécile n'est pas là, elle sait bien qu'il a l'habitude de la braconne mais elle ferme les yeux, il faut bien dire que c'est parfois agréable pour la cuisine. Il attend pour se faufiler entre l'heure où tout le village part aux champs et celle où les troupeaux descendent. Il a entendu Jeandet qui tapait à la masse sur ses piquets pour consolider la berge, la résonance de ses coups l'arrange, on remarquera moins le sien, d'ailleurs dans le coin où il retourne maintenant il n'a vu personne en chantier, aucune culture en train, aucune trace de travail.

Il a mal vu, parce que lorsqu'il a tiré ce lièvre, qu'il l'a vidé de son urine et qu'il le tient encore par les pattes, en sortant de la haie il se heurte à Simon Varadier et à son journalier alertés. Et il laisse tomber le lièvre mais il tient encore le fusil et c'est trop tard.

— C'est donc encore toi ! dit Simon, qui n'a pas l'air commode. Et dans la réserve ! Et en plein mois de mai, les portées tout juste faites ! Tu viens nous calotter des lièvres que la Société

216

faisait venir de Hongrie pour le repeuplement, mais cette fois, mon salaud, tu n'y coupes pas, il y a deux témoins de ce que t'as fait, on ne t'enlèvera pas ton permis parce que t'en as pas mais on te confisquera ton fusil et tu seras sonné pour l'amende, c'est moi qui te...

Il n'a pas pu terminer, Germain a tiré sa seconde cartouche, le fusil à la hanche, dans un bruit épouvantable. Simon n'a plus de cou, sa poitrine gargouille de partout et l'autre, au lieu de se sauver, ce Fréchaud, il se précipite pour le soutenir. Maintenant c'est tout ou rien, Germain ouvre son fusil, met les deux douilles vides dans sa poche, glisse une autre cartouche et épaule vers Fréchaud, qui a brusquement compris et qui court. Le coup lui a cassé le dos, il tombe sur le ventre, il a deux ou trois soubresauts et c'est fini, il ne bouge plus.

« S'agit maintenant de ne pas traîner », se dit Germain en fourrant le lièvre dans son carnier. Les troupeaux sont déjà dans la Noue, il faut faire un très grand détour et d'abord se débarrasser de ce fusil, surtout que personne ne le voie avec ce fusil. Il court, il le cache dans les feuilles au premier petit bois qu'il rencontre en bordure de Champarnaud. Il court maintenant aussi vite qu'il peut pour être le plus loin possible, il remonte le raccourci empierré du pont-d'en-bas, voit la camionnette du poissonnier, oblique, rentre chez lui par-derrière et, dès qu'il a repris son souffle, se montre comme s'il venait du jardin à Marie Piqueraud qui faisait coiffer son gamin par Cécile.

— Bon ! dit le gendarme. T'as tué deux hommes pour un lièvre. On écrira tout ça et tu signeras. Mais d'abord tu vas nous conduire jusqu'à ce fusil, parce que c'est la pièce à conviction, pour le procès.

— Pas la peine, dit Germain.

— Comment, pas la peine ?

— J'ai essayé d'aller le chercher quand vous avez voulu voir les fusils, il n'y était plus.

— Comment ça, il n'y était plus ?

— On avait remué les feuilles, quelqu'un l'a pris. J'ai bien cherché, il n'y a plus rien. J'ai plus de fusil, on me l'a volé.

— Voilà une autre affaire ! dit le gendarme. Tu ne serais pas en train de me raconter une histoire ?

— On y va si vous voulez.

— Bien sûr qu'on y va !

C'est à ce moment-là qu'ils sont sortis de la maison. Quelques-uns s'étaient groupés là en voyant la camionnette des gendarmes, Lebraut se tenait à part, avec sa chemise blanche et son canotier, fier comme un justicier. On entendait encore les cris de Cécile chez les voisins. Il s'est fait un grand silence, comme si Germain avec ses mains

218

enchaînées avait fait peur. En même temps, c'était quelqu'un du village, le voir avec ces menottes gênait, c'était incroyable. Il n'a pas dit un mot, il n'a regardé personne, ils sont allés à Champarnaud et là ils ont fouillé toute la lisière du bois sans rien y trouver. À cette heure, la lumière tombait sur ce creux qu'indiquait Germain, quelqu'un avait dû voir luire le canon entre les feuilles, se demander ce qui brillait là, emporter le fusil.

— Bien ! a dit le gendarme. Je veux bien te croire, Brunet. Nous verrons ça plus tard, on le retrouvera, ton Robuste. Pour le moment, direction la brigade pour les papiers, ensuite Niort pour le juge et pour la prison. Et je peux te dire que tu n'es pas près d'en sortir. Tu risques ta tête, mon gars.

Germain a eu soudain l'air penaud d'un enfant pris en faute. Il ne mesure pas ce qu'il a fait. Il ne sait pas ce que c'est que la vie d'un homme, il n'a conscience que de la sienne et n'a jamais songé à sa mort. Pour lui ces coups de feu, ces corps qui s'écroulent, c'est déjà loin, c'est fini. Ce qu'il regrette, c'est d'être pris. Il a demandé :

— Est-ce que je devrai payer aussi l'amende pour le lièvre ?

*

Zacharie avait les yeux ouverts. Cette histoire lui faisait mal. Il pensait aux longs efforts qu'il

219

faut pour vivre, pour ajouter à la vie. Il pensait à la dure existence de son grand-père, aux courtes nuits d'été qui finissaient quand les faucheurs arrivaient au travail, au lever du soleil on était déjà si fatigué qu'on se couchait un moment, la veste roulée sous les reins pour se redresser. Quand son grand-père s'était gagé à seize ans pour nourrir sa mère, le vieux Poublanc l'avait emmené dans le pré, derrière la maison, et lui avait tendu une faux, puis s'était mis à quatre pattes pour voir si la fauchaison était rase. À dix-huit ans il était va-devant de trois valets, avec le droit de tailler le pain comme le maître, aussi bien payé que le coupeur de choux qu'on laissait aux matins d'hiver dans un champ de choux fourragers raidis de glace, avec ses sabots à guêtres et sa culotte en peau de chien, et qu'on reprenait en charrette avec ses choux coupés, raide de froid lui aussi, les mains saignantes d'engelures — celui-là avait le droit de mettre dans le feu toutes les bûches qu'il voulait. On travaillait même aux veillées, à égrener les maïs sur l'arête carrée d'une vieille queue de poêle, à écaler les noix, à tordre le chanvre des cordes, à tresser paille et ronce ou à clisser des paniers de châtaignier, celui qui n'avait pas fini son panier au Mardi gras le trouvait plein d'épines et d'orties. Parfois un vieux qui tissait du lin pour faire des draps sur un grand métier monté pour l'hiver dans l'étable venait se chauffer au feu. Une fois les gaufres mangées on revenait en groupe des fermes lointaines, serrés autour des lanternes, souvent suivis par les points brillants des yeux des loups. Au Mardi gras les veillées s'arrêtaient, les garçons arrivaient en sarabande dans les maisons, déguisés, ils avaient le droit d'embrasser jeunes ou vieilles et de manger des crêpes jusqu'à ce que l'un d'eux soit reconnu. Et parce que Poublanc était catholique, suivaient six semaines de carême en pleines semailles de printemps à se nourrir de choux pommés, de navets et de pommes de terre. On dansait aussi, garçons et filles, valets et servantes, au son d'une guimbarde fabriquée par le forgeron et que l'un ou l'autre faisait vibrer, ou avec le violoneux dans les noces, seules musiques qu'ils avaient pu entendre. Les récits de son grand-père lui semblaient aussi lointains que les scènes de la Bible lues tout haut par sa mère quand il était petit, un temps dur, religieux, passé, d'une simplicité pure, d'une grande noblesse. Une vie aussi longuement façonnée n'avait pas le droit de s'écrouler dans un coup de feu.

Pendant quatre années des hommes étaient morts à côté de lui sous les balles et les obus et lui était par miracle resté vivant. C'étaient des morts que la guerre rendait ordinaires, on finissait par ne plus penser qu'à soi. Il fallait bien qu'on tue aussi, l'existence était étroite et noire, mais on s'y accrochait, on vivait dans une folie que Dieu n'aurait jamais dû permettre, où ceux qu'Il punissait de mort n'étaient pas coupables. Peut-être se désinté-ressait-Il aussi bien des vivants que des morts. Mais ceux-là étaient si nombreux qu'ils finissaient par créer une sorte de logique d'épouvante, où l'illogisme était de vivre. La guerre finie, la mort et son essaim bourdonnant de guêpes devaient s'assagir et reprendre leur cours coutumier, par lequel des vieux comme lui, Zacharie, attendaient paisiblement d'être emportés. Les morts comme celles de Simon et de Fréchaud étaient injusti-fiables, et ce qu'avait fait Germain Brunet sans rémission.

Le pire était peut-être que pendant qu'on enterrait Simon il avait voulu voir Alice manger ce lièvre, comme si la fille de sa victime avait en même temps mangé sa faute, comme s'il s'était servi de la manducation innocente d'Alice pour faire disparaître la cause de son crime et s'ab-soudre. Quand Zacharie avait songé à cette invi-tation dont Cécile avait crié la honte au milieu des autres noirceurs, dans le remue-ménage sinistre du village, il s'était dit que la plus mal-heureuse de toutes était celle à qui personne ne pensait, dont la douleur s'avivait à savoir que l'assassin de son mari avait un nom et un visage, qu'il la croisait et lui parlait souvent, qu'il avait invité sa fille. Il avait voulu aller la voir pour qu'elle ne fût pas seule ce jour-là, et pour pré-texte à sa visite il avait emporté pour Alice une petite boîte à secret qu'il avait sculptée autrefois pour Angèle lorsqu'il était encore à Surgères. C'était un joli sabot de noyer, dont le bout recourbé rejoignait une légère figure d'ange sobrement dégagée du bois sur le dessus, et qu'on ne pouvait ouvrir que si on savait en faire jouer le mécanisme ; lorsque le premier des deux couvercles était dégagé apparaissaient gravées les initiales A.V., qui étaient aussi celles d'Alice.

Léa avait les yeux rouges, elle l'avait fait asseoir et lui avait versé un verre d'eau-de-vie pendant qu'il expliquait à la petite la façon de faire jouer le secret du sabot. La boîte avait causé à Alice une telle joie que Léa en avait paru apaisée, ils avaient causé de choses et d'autres, mais quand sa fille avait quitté la pièce avec son trésor et que Zacharie s'était levé pour partir, Léa avait brusquement enfoui sa tête dans l'épaule du vieux menuisier, secouée de sanglots secs. En la serrant doucement contre lui, Zacharie s'était dit que c'était toujours la même souffrance irrémédiable, celle d'aimer ceux qui ne sont plus. Elle s'était reprise quand Alice était revenue avec un chiffon qu'elle avait dénoué pour faire glisser dans le sabot trois grains de plomb, sur lesquels elle avait rabattu le secret.

La lune avait maintenant quitté la fenêtre, emportant le fantôme d'Angèle, mais Angèle était encore là, douloureuse et douce. « Qu'est-ce que je peux encore te raconter, ma belle ? se dit

Zacharie. Peut-être te dire que maintenant j'ai changé de saison, c'est l'hiver qui me plaît. » Il aimait ces longues nuits, la pluie et le vent qui depuis des siècles et des siècles tiraient le blé d'automne hors de terre, et faisaient lentement pousser les chênes, son histoire qui avait traversé avec entêtement la fureur des hommes, l'hiver de sa vie, le temps enfui. Il sourit tout seul en songeant que bien plus tard Alice, en retrouvant dans un tiroir le petit sabot de noyer, aurait une pensée qui le ferait revivre, parce que les objets gardent longtemps la mémoire des morts.

XI

ADRIEN

Le barrage était presque achevé. Depuis la veille les enfants avaient élevé en aval du gué, partant de chaque rive, deux petites digues obliques de pierres et de sable qui forçaient le ruisseau à se resserrer. À la sortie du goulot qui les séparait le courant brusquement gonflé prenait sur plusieurs mètres une vitesse bouillonnante, séparant deux remous tournoyant paisiblement sur ses franges. Lorsque Edmond eut assuré les dernières pierres, tous, les pieds glacés, pataugèrent joyeusement vers la rive où Albert fabriquait des moulins. Dans les fentes opposées qu'il avait faites à travers un morceau de branche très droit servant d'axe il glissait deux autres morceaux refendus en planchettes qui formaient les quatre pales d'une croix. Il suffisait de poser cet axe sur deux fourches enfoncées dans le sable du lit de façon que l'extrémité des pales soit poussée par le courant, et le moulin tournait d'autant plus vite que ce courant était maintenant plus fort. Ils en installèrent quatre à la file, dont Albert, secouant branches, feuilles et copeaux de son tablier, vint vérifier le bon fonctionnement. Les moulins tournaient avec une rapidité surprenante et pendant un moment tous les regardèrent en silence, puis le jeu se compliqua de petits morceaux de bois taillés en pirogues, que Rosa ou Alice lâchaient depuis le gué, qui musaient un moment, puis prenaient brusquement une vitesse démesurée pour leur taille et que les pales des moulins naufrageurs mettaient en perdition. Ou bien les filles lâchaient de petits radeaux de mousse sur lesquels elles avaient fait embarquer des fourmis à coups de brins d'herbe. Ces navigations arrivaient assagies dans une anse très calme, près des roseaux, où l'eau atteignait à peine les genoux, de sorte qu'on pouvait reprendre les esquifs et recommencer à les larguer en amont. Mais c'était la rotation rapide, régulière, infinie des moulins qui captivait Adrien. Il se disait que ce tournoiement continuerait quand personne ne serait plus là pour le regarder, qu'il se poursuivrait toute la nuit, et si aucun accident ne le dérangeait pendant des jours, des années, tant que l'eau coulerait, jusqu'à la fin des temps, jusqu'à ce que le bois des axes et des fourches soit réduit en poussière par le frottement. C'était pour lui l'image du commencement de l'éternité dans laquelle sa pensée errait, impuissante et heureuse.

À leur arrivée dans la Noue, il avait vivement

entraîné Alice dans le refuge de la haie pour lui raconter comment était mort son petit chevreau. Elle aussi avait besoin de lui parler, elle était émue et volubile, tourmentée par l'importance insoupçonnée qu'avaient soudain prise leurs secrets. Elle sortit d'abord triomphalement de sa sacoche le petit sabot finement sculpté par Zacharie, elle avait hâte de lui en montrer le mécanisme comme pour lui prouver que rien entre eux ne pouvait demeurer caché. Pour elle, l'arrestation de Germain n'avait rien changé ; elle n'en éprouvait aucune peur rétrospective, plutôt une sorte d'indignation : le gendarme avait dit que ce salaud aurait la tête coupée et ce verdict lui plaisait comme s'il eût déjà été rendu. Mais les trois grains de plomb accusateurs maintenant enfermés dans le sabot n'avaient plus valeur de preuve, puisque Germain avait tout avoué. Il n'en était pas de même du fusil.

— Ils peuvent toujours chercher, disait Adrien, là où on l'a mis tous les deux ils ne le trouveront jamais, sauf si je le dis. Mais si je le disais, ils voudraient peut-être m'arrêter parce que je l'aurais volé.

— Surtout ils t'en voudraient parce que si tu l'avais dit avant ils auraient arrêté Germain tout de suite. Tu t'en étais douté, toi, que c'était le fusil qui avait tué papa ?

— Non, je... Écoute, oui, je pensais bien que

c'était lui. Je le garde. Si je le dis, on n'a plus de secret.

— Si, la cache.

— C'est pas assez. Le fusil c'est un secret énorme.

C'était justement ce qu'Adrien trouvait lourd. Ce qu'il avait caché à tous était grave. Ce que le fusil avait fait ou pouvait faire était grave. La pensée que cette arme était là-bas — contrairement à ce qu'éprouvait Alice, qui songeait plus à l'idée qu'à l'objet — pesait sur lui comme une douleur vague, qu'il ne situait pas, qu'il retrouvait intacte lorsqu'on en parlait. En même temps elle lui donnait une force d'homme, la sensation inconnue d'une maturité dans laquelle il entrevoyait confusément un autre monde, la fin d'une enfance. Il s'était raidi pour dire « Je le garde ».

Adrien contemplait les moulins. Tous continuaient leur jeu autour de lui, sauf Albert, qui tapotait de son manche de couteau un morceau de vergne pour en décoller l'écorce et se faire un sifflet. Les chiens eux-mêmes, oubliant leur garde, jouaient dans la prairie à se poursuivre à grands cercles brusquement inversés puis soudain se couchaient, langue pendante, le souffle bruyant, ou allongeaient le museau entre leurs pattes avant de bondir à nouveau. Les bêtes étaient paisibles, les chèvres au pied du mur du chaume avaient trouvé un roncier dont elles dévoraient goulûment les jeunes pousses. Les vaches prolongeaient au pré le côtoiement de l'étable et chaque troupeau paissait groupé sans beaucoup se mêler aux autres, il suffisait qu'un des bergers quittât le jeu de temps en temps pour s'assurer que tout était en ordre. Puis le naufrage des radeaux de mousse et des esquifs les absorba entièrement, ceux des enfants qui sortaient un instant de l'eau glacée pour se réchauffer les pieds rejoignaient Albert et restaient assis sur la berge à contempler les navigations heureuses, les brusques accélérations et les perditions. Rosa la première quitta le jeu, revint sur le pré, cria qu'elle ne voyait plus les chèvres, et tous remontèrent. Seules les trois chèvres d'Alice entouraient encore le roncier, là-bas ; les autres avaient disparu.

— Elles ont passé la haie, ou elles sont juste après les peupliers, dit Edmond, aux barbelés, là où il y a encore de la ronce. Albert, tu viens avec moi ?

— On y va tous ! cria joyeusement Alice.

— Tiens, les voilà, dit Albert, ton chien les ramène. Oh ! la la ! Quelle course ! Regardez ça ! Ton chien aussi, Adrien.

Mené par une vieille bête de tête, le troupeau serré crochetait brusquement selon la position des chiens, dessinant sur le fond des peupliers une tache noire mouvante que toutes les têtes tendues rendaient oblique.

— Sifflez-les, Edmond, sifflez vos chiens, elles vont se tuer.

Adrien rappela Sirène, qui revint au galop, toute fière ; Titan, le chien d'Edmond, se fit prier ; débarrassées des chiens les chèvres revinrent dans la Noue en trottant dignement. Tout semblait en ordre. Ce fut Alice qui remarqua que Roussette, la vache fantasque d'Adrien, n'était plus là.

— Où a-t-elle encore pu passer, celle-là ? dit Adrien, qui se rechaussait en hâte. Elle m'en fait voir !

— On n'a pas assez surveillé, dit Rosa.

— Elle n'est sûrement pas dans les peupliers, dit Albert, les chiens l'auraient ramenée. À moins qu'elle ait pris le chemin au bas des chaumes.

— Penses-tu, dit Adrien, c'est tout fermé là-bas. Elle a plutôt traversé la haie.

— Je vais avec toi, dit Edmond.

— On aurait dû regarder plus souvent, dit Rosa.

Ils disparurent derrière la haie. Assagis, Albert et les deux filles tirèrent des sacoches livres et cahiers, se firent réciter leurs leçons. Puis Rosa, à qui le jeu des moulins avait donné des doigts de laveuse, sortit de son sac les torchons que sa mère lui avait donnés à ourler et se mit à coudre. L'après-midi s'avançait.

— Ils tardent, dit Alice.

— La Roussette n'a quand même pas été si loin, dit Albert, qui avait de nouveau sorti son couteau et sculptait son bâton.

Bientôt Edmond parut, seul.

— On ne la trouve pas, dit-il. On est allés jusqu'à la route de Charconnier. Il faudrait que vous
veniez nous aider.

— Allez-y, dit Rosa, moi je reste à tout garder,
soyez tranquilles.

Ils repartirent tous trois derrière la haie. Adrien
les attendait, debout, près de l'entrée du dernier
pré avant la route au-delà de laquelle un ancien
moulin marquait la fin de la vallée. Il était pâle,
très inquiet, et avait la voix nouée.

— Les chaumes tournent en haut avant la
route, dit-il. Il y a deux prés en dessus. Elle n'y
est pas.

— Alors elle a passé le ruisseau, dit Edmond.
Et si elle a traversé, c'est à la Pêchoire, c'est le
seul endroit.

— Et la route ? Si elle avait traversé la route ?

— Qu'est-ce que tu veux qu'elle aille faire
là ? C'est des jardins.

— Elle peut faire n'importe quoi, cette vache.
Et la chienne ne comprend même pas ce qu'on
veut, elle croit qu'on s'amuse.

— On va passer le ruisseau, dit Alice voyant
Adrien gris d'inquiétude. On avancera tous
quatre en ligne entre les bois et la route jusqu'à la
plaine d'en haut.

— J'ai peur qu'elle soit tombée dans les
fosses, dit Adrien, qui tremblait.

Du moulin jusqu'à la Noue le ruisseau s'éva-
sait plusieurs fois pour former des anses sans

murs de berge, très profondes, où l'eau s'assombrissait, où le courant semblait dormir. Il était défendu aux enfants de jouer près d'elles.

— Mais non, dit Albert. D'abord une vache nage très bien.

— Et si elle s'était cassé une patte ?

— Elle meuglerait.

Ils traversèrent sur les piles ruinées de ce qui avait peut-être été autrefois le pont de la Pêchoire, où le ruisseau était assez peu profond pour que la Roussette ait songé à s'y risquer. Puis tous quatre coururent s'étager sur le sentier. Longtemps après, Rosa, debout, qui commençait à s'inquiéter, les vit arriver de l'autre côté du ruisseau, silencieux, suivis du chien qui trottinait. Adrien était blanc comme un linge.

— Vous ne l'avez pas, constata Rosa.

— Non, rien.

— J'ai perdu ma vache, dit Adrien.

Tous les autres, atterrés, savaient que son malheur aurait pu être le leur.

— C'est notre faute à tous, dit Rosa. On a mal gardé.

— C'est quand même ma vache, dit Adrien.

— Qu'est-ce qu'on va faire ?

— C'est grand temps de rentrer, dit Rosa. On a passé l'heure.

Tous les troupeaux, qui connaissaient infailliblement le moment du retour, étaient déjà massés derrière elle. Il était tard, le soleil était couché depuis longtemps.

— Qu'est-ce que tu veux qu'on fasse, Adrien ? dit doucement Albert.

Adrien semblait égaré, son regard perdu passa de l'un à l'autre puis se fixa longtemps sur le petit visage décomposé d'Alice, dont les yeux s'agrandissaient. Il parut se décider brusquement.

— On va tous rentrer. Toi, Albert, ta route est de passer devant chez nous, je vais te suivre, juste derrière toi. Quand on sera à notre grille, tu feras rentrer mes vaches et mes chèvres, à cette heure c'est ouvert et mon père ou ma mère sont dans la cour. D'accord ?

— Pourquoi ne veux-tu pas le faire, toi ?

— Parce que je veux redescendre tout de suite. T'auras juste à dire à mon père ou à ma mère que Roussette s'est perdue et que je la cherche. J'aime mieux que ce soit toi qui le dises, tu comprends ?

— T'as raison, dit Edmond. Ça t'évitera une claque. Mais tes parents vont descendre eux aussi.

— Tu crois ?

— Dame ! Tu te rends compte ? Une vache !

— Allez, partons, dit Rosa, sinon tout le monde va en prendre, des claques.

— D'autres que tes parents viendront aussi les aider, dit Albert. Mon frère viendra sûrement, ou mon grand-père.

— Peut-être Maria, dit Adrien.

— Et mon père aussi, dit Edmond. Allez, rentrons.

Les enfants aidés des chiens séparèrent les troupeaux qui voulaient tous passer ensemble et commencèrent à les disposer pour les engager en ordre dans le gué. Adrien tira Alice par la manche. Son visage épouvanta la petite.

— T'es tout gris, dit-elle. Adrien, écoute-moi ! Tu ne vas pas te jeter dans les fosses ?

Les dents du garçon se serraient.

— Il va me battre, dit-il. La vache est perdue, ils ne la retrouveront pas plus que nous, ou alors morte. Il me tuera.

— T'es fou ? Adrien, t'es fou ? C'est ton père ?

— Non, c'est pas tout à fait mon père. Il m'a battu pour la vache enflée, pour la vache morte qu'est-ce qu'il me fera ? Mais j'ai un fusil, je vais me défendre. Je me défendrai jusqu'à la mort, t'entends ? jusqu'à la mort. Il n'y a plus que toi, toi et Maria. Il faut que tu m'aides.

Il la prit par le cou et lui parla longtemps à l'oreille. La petite écoutait, glacée de peur, acquiesçant de la tête, découvrant un Adrien en rébellion, qu'elle ne connaissait pas. La voix d'Edmond les sépara.

— Allez, Alice ! criait-il, Rosa est partie, suis tes vaches, elles traversent avec ton chien, tes chèvres sont devant.

Adrien vit la petite silhouette s'éloigner der-

234

rière les bêtes, et disparaître dans le sentier du bois à l'endroit où les anémones sylvie s'étaient fanées. Derrière elle tout le troupeau d'Edmond avait déjà franchi le gué.

— Alors on fait comme on a dit ? cria Albert.

— Sûrement ! N'oublie pas, Albert.

— On y va !

Adrien passa le gué le dernier, poussant les chèvres. Sur la dernière des pierres il se retourna. La Noue assombrie par le soir était vide. Le courant étranglé par le barrage filait dans un ronronnement léger auquel les moulins silencieux obéissaient. Englouti par le ruisseau solitaire, le jeu n'appartenait plus qu'à lui.

*

En arrivant sur la route, quand il aperçut la maison, Adrien fut saisi d'un désarroi intense. Il s'arrêta, laissant le troupeau et Sirène avancer sans lui. Son malheur, enclos jusque-là dans l'étroite communauté de la Noue, allait franchir la barrière et quitter le monde des enfants. Et c'était confusément l'autre monde plus encore que la colère précise de son père qu'il aurait fallu affronter, celui des normes, des lois, des fautes pesées et réglementées, celui des crimes et des têtes coupées, des étouffements, des gestes accusateurs et punisseurs, devant lequel il n'avait personne pour le défendre puisque accusations et punitions viendraient aussi de ceux-là seuls qui auraient pu le soutenir. Même si Roussette était retrouvée, son méfait resterait aussi grand que si elle s'était noyée dans les fosses. Il vit son troupeau s'engouffrer dans le passage et envahir la cour. Albert tenait parole, il entra lui aussi, puis causa avec la silhouette de Clémence. Cette image fut comme une clé qu'on aurait tournée : elle enferma Adrien dans une citadelle de solitude où ses seules défenses étaient désormais la cache et le fusil.

Il vit la silhouette de sa mère agiter les bras puis celle de son père s'approcher, mais avant qu'Albert ait couru rejoindre ses bêtes il s'enfuit aussi vite qu'il le pouvait, hésita au carrefour dont l'une des routes menait à la maison de Maria, sans pourtant la prendre, continua à travers la Bastière et ralentit pour que le bruit sonore de ses galoches ne le trahisse pas. Marchant avec précaution, il atteignit le portail de la maison d'Alice. Elle n'était pas là. Il se tint debout dans l'ombre, adossé à l'un des piliers, regardant la cour où le journalier faisait boire le cheval. Une appréhension maintenant très différente de la peur serrait son ventre, bien qu'il fût certain qu'Alice viendrait. Il vit bientôt son mince profil se découper dans l'encadrement éclairé de la porte de la maison, malgré l'obscurité il distingua les petits carreaux rouges de sa robe. Un instant son visage parut en pleine lumière et Adrien sentit quelque chose de fort, de doux et de désespéré couler en lui, comme des larmes saignantes. Alice s'avança nonchalamment dans la cour d'un pas de promenade, obliqua insensiblement vers le portail, sautilla comme à la marelle et sortit sur la route.

— Tiens, dit-elle.

Elle lui tendit un petit paquet enveloppé d'un chiffon, qu'il saisit et mit dans sa poche.

— J'ai peur, dit Alice.

— Ah ! Je ne sais pas !

— Et si on disait tout ?

— Quoi, tout ?

— Le fusil. Les plombs. Et que t'avais vu l'assassin courir.

— C'est trop tard, c'est beaucoup trop tard.

— Moi, je suis sûre que ton père te battrait pas.

— C'est pas seulement de mon père que j'ai peur. Ça lui apprendra. C'est tout, tout le monde. Je ne pourrai plus jamais garder des bêtes, je ne sers plus à rien, à rien.

— Mais qu'est-ce que tu vas faire là-bas ? Il fait nuit, t'as pas mangé !

— Je ne sais pas. Je me défendrai. Il faut que tout le monde le sache. C'est plus possible autrement.

La petite écoutait, découvrant son ami dur et décidé, refusant tout, lui qui d'ordinaire voulait tant être aimé. Elle hésitait

— J'ai peur d'aller avec toi.

— Non, dit Adrien, qui sentait l'élan inconnu qui le poussait chanceler, non, mon Alice. C'est obligé que je sois tout seul maintenant. Allez ! va-t'en vite.

Il vit très près de lui l'or des beaux yeux violets luire sous la transparence des larmes. Brusquement il se jeta dans l'ombre de la route et descendit en courant. Il prit la sente empierrée et dut tout de suite ralentir : la lune n'était pas encore levée, le fond du chemin était sombre, il avait perdu son bâton. Quand la haie s'interrompit il vit les flammes jaunes du feu allumé devant la roulotte de Baromé, le vannier. Autour d'elles, dans une grande bulle de clarté, l'ombre de Malvina s'affairait et semblait bien plus proche que dans le jour. Adrien, étouffant ses pas, quitta l'image rassurante après laquelle le village n'existait plus. Un couperet inexorable le sépara brusquement de tout, dans une exclusion de réprouvé, dont la vache Roussette avait peut-être été le déclic, ou peut-être le chevreau mort, ou l'envie si forte qu'il avait eue dans la cache de dénuder Alice, ou la honte qui le poursuivait d'avoir peur de son père, ou d'anciennes et confuses frustrations d'orgueil.

Il retrouva la lune au Pont-Bertrand. C'était la première fois qu'il était seul la nuit dans la campagne et il était soudain saisi d'une autre angoisse, comme s'il était devenu la cible d'ennemis embusqués dans de grandes taches sombres qui l'enserraient, et auxquels il s'offrait par le déplacement même de sa marche alors que leur immobilité les rendait invisibles. La clarté de la lune, qu'il avait attendue comme un recours, rendait au contraire plus étranges le vide des prés, la masse des haies, la fixité des grands arbres qui semblaient avoir déposé leurs paisibles masques diurnes pour dévoiler leur vérité menaçante. L'harmonie du jour devenait la nuit une conspiration, ourdie par l'ironique grimace lunaire. Adrien était escorté, dans tout ce qui autour de lui était prêt à bondir, par d'étranges sifflements semblables à celui du fer rouge que le forgeron plongeait dans l'eau, mêlés à de lointains jappements de bêtes inconnues, au claquement subit d'un vol absorbé par l'ombre, puis à de longs pièges de silence.

Il s'arrêta sur le pont et s'accouda au parapet mais ce n'était au-dessous de lui qu'un trou noir, seule à la place du lavoir une nappe grise et glacée clignotait comme un inintelligible signal. Il savait qu'à l'aplomb du pont s'ouvrait une fosse très profonde, un autre Adrien qui paraissait se dédoubler de lui l'encourageait à s'y jeter, l'inextricable réseau de violence qui l'avait pris au filet y serait d'un seul coup déchiré, l'eau l'ensevelirait dans une prison pacifiée. Mais un Adrien qui veillait sauvagement revit le tournoiement allègre et obstiné des moulins après le barrage. Il quitta la pierre, se redressa loin de cette bouche nocturne prête à le happer et s'obligea à faire sonner ses galoches sur la route. Bientôt après il s'engageait dans le tunnel ténébreux des ormes qui le menait à la barrière de Champarnaud.

De grandes places d'une matité blanche séparaient les ombres, dont il pouvait nommer là toutes les formes. Bien que le champ vide et silencieux parût ne plus appartenir au monde qu'il connaissait, il y retrouva sa témérité et marcha dans le pré jusqu'au frêne au milieu des grands lacs pâles qui le désignaient. Il s'assit sur la pierre dans une immobilité qui l'unit bientôt à celle de la nuit. Il n'avait plus peur que de sa propre aventure et là-bas de la tempête qu'il avait déclenchée. Peut-être étaient-ils tous déjà descendus dans la Noue, qu'on pouvait seulement apercevoir du haut du chaume, près de la langue de taillis qui le coupait. Il hésita à quitter l'obscurité amicale du frêne, il fallait pourtant franchir le mur, sauter la petite haie, suivre le routin. Au-dessous de lui, la plaque lisse du lavoir se prolongeait en petits frissons scintillants. Perdue au fond du paysage, la grande surface plate de la Noue n'en était pas la partie la plus obscure. On bougeait là-bas, de petites taches de lumière jaune qui devaient être des lanternes se déplaçaient ; certaines en s'éloignant faiblissaient puis disparaissaient, mangées par le noir. On criait aussi, il entendit des bruits, des abois de chien, très assourdis, régulièrement coupés par un long appel dont il ne comprenait pas l'objet. C'était peut-être lui qu'on appelait, et il entrevit soudain la réalité d'un tumulte dont il était la cause et le centre. Mais qu'ils aient ou non retrouvé Roussette, il était allé trop loin pour revenir. S'ils le retrouvaient lui, ce serait dans l'affrontement.

Il retourna sous le frêne et s'étendit dans la maison de mousse, l'esprit dans un grand trouble, le ventre ceinturé d'une douleur qu'il ne savait pas nommer. Il ne comprenait pas très bien comment ce qu'il avait fait l'avait conduit là, ni quel était l'enjeu de sa guerre. Il resta là longtemps, une main serrant son couteau, l'autre le paquet d'Alice, et peu à peu tout ce qu'il vivait se simplifia, la sauvagerie de sa rébellion s'ordonna. Il lui fallait s'organiser, se prémunir. Les murs de mousse retrouvèrent leur fragilité, qui ne le protégeait d'aucune surprise et ne lui permettrait aucun repli s'il s'endormait. Le seul endroit sûr était la cache. Il s'y glissa, éveillant de brusques fuites qui le glacèrent. La clarté nuageuse de la lune affaiblie par le fouillis des feuillages éclairait à peine la nacelle creusée dans la masse noire du bois, mais la place était si familière qu'il y prit courage. Les bâtons-mousquets dérisoires de son enfance étaient là, pointés vers la vallée. Le danger ne pouvait venir que de la passe étroite ménagée dans la végétation jusqu'au découvert du champ. Il se mit à genoux, découvrit, emmaillotée dans ses chiffons, cette arme menaçante qui avait tué deux hommes, la mit à nu, sortit de sa poche le paquet des six cartouches du père d'Alice. C'était le même calibre. Il glissa deux cartouches dans les canons, ferma sèchement le fusil et, comme s'il avait voulu se prouver qu'il en maîtrisait l'usage, poussa le bouton de la sûreté. Il s'assit, absolument décidé. Le fusil lui glaçait les mains. Il n'y avait plus qu'à attendre. Il entrait dans sa première nuit de hors-la-loi.

*

— Sacré fichu drôle ! Le voilà qui perd sa vache, maintenant ! Je vais lui tanner les oreilles, moi, vous allez voir !

La réaction de Fernand n'avait pas été tendre. Il fallait bien sûr aller la chercher, cette vache, confier l'étable à Clémence, prendre la lampe-tempête, une longe, un bâton, siffler le chien.

— Vas-y vite, avait dit Clémence, le petit est tout seul là-bas !

Il allait franchir la grille quand le grand-père d'Albert arriva. Lui aussi avait sa lanterne.

— Alors, Fernand, paraît que t'as besoin d'aide ?

— Ma foi ! Vous ne serez pas de trop, monsieur Mainson.

Fernand avait à peine fini de remercier qu'Henri Mousset arrivait avec Edmond et Titan.

— T'en seras quitte pour une bonne chopine quand on l'aura retrouvée, ta vache, dit Henri. Mon grand couillon, là, je suis sûr qu'il n'a pas su mener son chien. On commence par où ?

— Par les peupliers de la Noue. Entre eux et Pont-Bertrand tout est fermé, elle est forcément de l'autre côté.

— Alors allons-y, dit le grand-père, qu'on la trouve avant la soupe.

— Adrien doit être là aussi, dit Edmond timidement.

— Ce petit chien gâté, dit Fernand en fermant la grille, les fesses vont lui cuire ! Ça se garde, une vache, même capricieuse comme celle-là. Sans compter votre dérangement à tous.

— C'est pas bien grave, dit le grand-père. Ton Adrien est un bon petit drôle, Fernand. Tu ne t'es jamais amusé, toi, quand t'avais son âge et que tu gardais les vaches ?

— Sois tranquille, dit Henri pendant qu'ils marchaient, sa punition c'est d'être tout seul dans les vallées et qu'il fasse déjà nuit.

— Ma foi, t'as peut-être raison, dit Fernand en riant.

Sa colère tombait, chassée par le plaisir que lui donnait la prompte assistance de ses voisins. Il n'avait pas bu depuis deux jours, cette façon d'être immédiatement soutenu sans que son penchant ait été pris en compte lui donnait une sorte de fierté. Ils s'étagèrent le long des barbelés des peupliers et avancèrent en lançant les chiens. Ils se regroupèrent pour franchir la haie, prirent d'autres distances, traversèrent le pré des Étranglons, où le ruisseau touchait presque le bas du versant, et entendirent Sirène et Titan aboyer près de la route de Charconnier. Roussette était là, faisant front aux chiens, tranquille. Au moment où Fernand lui passait la longe autour du cou ils virent briller dans l'ombre le feu d'une cigarette.

— T'as pas un bon berger, Jublin, dit une voix.

— Qui est là ? dit Fernand en s'avançant, levant sa lanterne. Ah ! c'est toi, Clovis ? Qu'est-ce que tu fais là ?

— Disons que j'attendais, dit la voix. Parce qu'il va falloir que tu me fournisses en choux et en salades. Ta vache a nettoyé tout mon jardin, dit Clovis Moinet en éclatant de rire.

En sortant de l'ancien moulin il avait vu cette vache dévastant paisiblement ses carrés. Il était tard déjà, elle avait dû faire son tour dans les taillis du dessus, elle avait manqué un petit champ de sainfoin et trouvé en revanche l'entrée du jardin. Ce n'était pas bien grave, il était arrivé à temps, il avait chassé Roussette jusqu'aux prés banaux et attendu qu'on la cherche. Fernand remercia, offrit un dédommagement mais il n'en était pas question, pour trois choux et quatre salades, ça n'en valait pas la peine, ce serait une chopine lorsqu'il monterait au village. Ils plaisantèrent tous un moment en roulant des cigarettes, pendant qu'Edmond, tout joyeux, tenait Roussette, puis Moinet les quitta. L'affaire tournait bien.

— Bon, dit Fernand, maintenant reste à trouver le gosse.

— On aurait déjà dû le voir, dit Henri.

— C'est vrai, ça. Où a-t-il pu passer ?

— Nom d'un cœur ! Sans lanterne, pourvu que...

— Mais non, dit le grand-père. La lune est belle, ton garçon connaît tout ça comme sa poche.

— Quand même ! Bon sang de bon sang, on va longer les fosses avec les lanternes. Il aurait dû trouver Moinet avant nous.

— Il a dû monter vers la plaine, dit Edmond, parce qu'on avait déjà fouillé tout ça.

Brusquement Fernand cria de toutes ses forces le nom d'Adrien, dont la légère brume du début de nuit atténua l'écho.

— Même s'il vous entendait, dit Edmond, il ne viendrait pas tout de suite, il a peur de vous.

— De moi ?

— Dame, c'est pour ça qu'il a mené ses bêtes jusqu'à votre grille et qu'il s'est sauvé en vous envoyant Albert.

— En voilà une autre ! Mon garçon, peur de moi ! Il est venu jusqu'à la grille ?

— T'as dû l'étriller un peu trop fort, une fois,

dit le grand-père. Les gosses, c'est comme les jeunes chiens, ça n'oublie pas les étrivières.

— Peur de moi, dit Fernand pensivement. Mon Dieu !

— Jusqu'à la grille, dit Edmond, il s'est entendu avec Albert.

— On va quand même revenir en appelant.

— Et crier qu'on a la Roussette.

Ils longèrent les fosses éclairées par la lune, sans y trouver le moindre indice, en hurlant par intervalles le nom d'Adrien. À la Pêchoire, Fernand, auquel la lueur basse de sa lanterne donnait un visage de spectre, se décida.

— Je vais monter jusqu'à la plaine. Toi, Henri, sans te commander, si tu pouvais prendre par l'Outremont avec ton garçon ?

— Moi, je reste en bas, dit le grand-père. Donnez-moi la vache. Et on se retrouve tous à Pont-Bertrand.

Il y arriva le premier et s'assit tranquillement sur une des bornes chasse-roue. Il attendit longtemps. De chaque côté de lui, assez loin de la vallée pour qu'il n'y eût pas d'écho, il entendait la voix nouée de Fernand appeler, recouverte parfois par le cri aigu d'Edmond.

— Qu'est-ce que tu veux qu'on fasse, Fernand ? demanda-t-il quand ils l'eurent rejoint.

— La Noue est vide, dit Henri. Veux-tu qu'on aille de l'autre côté de la route jusqu'à Puypouzin ? Jusqu'au pont-d'en-bas ? De toute façon, monsieur Mainson, votre soupe sera froide.

— Ça n'est plus ça qui m'inquiète, dit le grand-père. Vous savez, s'il est dans la vallée ou dans les monts, il vous a entendus. S'il veut rentrer, il rentrera.

— Vous avez raison, dit Fernand, il est peut-être déjà à la maison.

— Sait-on ce qui se passe dans la tête des enfants ? dit le grand-père.

Clémence avait le visage décomposé par l'inquiétude. Assise à table en face de son mari, elle avait repoussé son assiette et fixait dans le vague une image floue, celle de son fils égaré dans la nuit, comme une représentation du terrible échec de sa vie. Elle croyait deviner ce qui avait poussé l'enfant à fuir. Fernand, sombre, avait mangé une assiette de soupe et bu un demi-verre de vin, ses doigts se crispaient sur le verre comme s'il avait voulu le pulvériser. Il était tard. Ils avaient beaucoup parlé, plus qu'ils ne l'avaient fait depuis très longtemps et s'étaient résolus à ne rien entreprendre avant le matin. Fernand pensait qu'il serait toujours temps d'alerter les gendarmes si Adrien n'avait pas reparu demain. Dès qu'il ferait jour, il demanderait à Maria de les accompagner, le gosse l'aimait bien, s'il les entendait il reviendrait peut-être. Le vieux Mainson aussi viendrait, il l'avait proposé. En poussant vers Puypouzin on pourrait aussi appeler Lortier.

— Et s'il a eu un accident ? disait Clémence.

Fernand le jugeait presque impossible. La nuit était claire. Il aurait vraiment fallu qu'Adrien le veuille pour qu'il tombe dans les fosses. Mais Adrien avait bien été obligé de s'asseoir ou de se coucher pour dormir, restait à trouver où : peut-être dans la grange de Lortier, au-dessus de la maison forte, vers Nègressauve, ou dans les bois de Champarnaud, qu'il connaissait bien, ou vers la source de Fontmaillol, où certains rochers surplombaient des sortes de grottes. Ils visiteraient tous ces lieux le lendemain, en criant que tout allait bien, qu'on avait retrouvé la Roussette, qu'il ne serait pas puni, qu'on l'attendait à l'école.

— Heureusement, j'avais mis son cache-nez roulé dans sa musette, disait Clémence.

Elle avait posé une assiettée de soupe bien couverte sur la pierre du foyer, préparé la terrine qu'il aimait, un bocal de pêches au sirop qu'il n'aurait qu'à ouvrir. Il ne servait à rien d'attendre, il suffisait de laisser la porte sans verrou.

— Si on l'entend rentrer, dit Fernand, on ne dira rien, il montera se coucher tout seul et demain matin on fera tout comme d'habitude.

Pour la première fois depuis des mois, ils entrèrent ensemble dans leur chambre et Fernand entendit sa femme dire à mi-voix des prières pendant qu'elle se déshabillait. Avec la poire qui pendait au-dessus du lit il éteignit l'électricité et tous deux restèrent dans le noir, silencieux, à écouter. Beaucoup plus tard, Clémence remarqua que Fernand ne cessait d'avaler sa salive, puis il poussa de petits soupirs continus, comme des sanglots. Brusquement il se tourna vers elle. Il parlait avec difficulté, comme si quelque chose l'étouffait.

— Clémence, dit-il, le petit a eu peur de moi.

— Peut-être bien, dit-elle.

— Écoute, Clémence, c'est à cause de moi, de mes saouleries. Je sais très bien tout ça. Et pour toi aussi je sais très bien. Maintenant ce sera fini de boire. Ne pleure pas, Clémence. Je ne peux pas supporter que mon garçon ait peur de moi. Je veux que ça redevienne comme avant.

— Est-ce que ce n'est pas trop tard ? murmura Clémence dans ses larmes. Est-ce que tu pourras ?

— Mais oui, je pourrai. Il faudra que tu m'aides. Il faudra que notre petit soit là.

*

Jamais Adrien n'avait imaginé que la nuit pût être si longue. Il avait encore entendu des appels, cette fois sur l'Outremont, il avait compris son nom, mais c'était de l'autre côté de la route. Puis tout était redevenu silencieux, il avait pu poser son fusil sur une des fourches. Débarrassé du fusil il put frotter ses mains glacées et ses jambes nues qui se raidissaient. Le bois vivait autour de lui, des glissements faisaient très légèrement crisser les feuilles, derrière la cache un grignotement régulier, toujours au même endroit, rongeait une proie. Il avait trop peur pour dormir, il ne changeait de position qu'avec une grande lenteur pour que rien n'indiquât sa présence à toutes les bêtes et peut-être aussi à des serpents dont ce bois était l'asile. La faim était une vague crispation au ventre, si bien confondue avec le garrot de la peur qu'il n'en souffrait pas comme d'une faim, mais il avait grand-soif, il avait beaucoup marché et se sentait las et assoiffé, il fallait qu'il s'empêche de penser à l'eau ; il se disait qu'au matin de bonne heure, avant le danger, il descendrait le long du bois jusqu'au ruisseau pour y boire et s'y laver le visage comme il le faisait dans sa cuvette. Cette image fit revivre sa chambre, la table aux livres, le mur qu'il avait décoré des armes trouvées par Fernand ; le maître avait dit que la lance s'appelait une guisarme et que la hache était sans doute orientale, un mot qui le ravissait. Il songea à son carnet caché sur la poutre, il lui faudrait bien des pages pour y raconter ce qui était arrivé. Puis brusquement il comprit qu'il ne pourrait plus écrire sur ce carnet, ni retrouver sa chambre, qu'il était exclu de tout, que la nuit passée là dans le froid était dans sa vie une coupure définitive qu'il n'avait pas mesurée et il en fut épouvanté. Il démêlait très mal ce qui l'avait conduit là : il avait voulu combattre un châtiment, et au-delà une réprobation qui à cause d'une seule faute ne l'estimait plus capable de rien, la ruine des espoirs qu'on avait mis en lui. Et maintenant il se demandait si sa fuite ne renforçait pas les reproches qu'il avait voulu repousser. Il ne savait pas où menait ce qu'il avait commencé, peut-être nulle part. Mais ce qu'il voulait de l'avenir mort, c'était qu'on sache qu'il existait, Assistance ou pas, qu'il haïssait le village où on tuait des chevreaux. Il avait peur d'entrer dans le monde des hommes mais il tenait dans ses mains une arme qui pouvait aussi leur faire peur. Ça péterait s'il le fallait, c'était fait pour ça, il savait s'en servir. L'odeur perverse du fusil, la jouissance étrange de son contact et soudain le désir confus d'étreindre Alice lui donnaient brusquement une virilité insoupçonnée dont son sexe montrait pour la première fois la preuve.

Bientôt le froid fut plus fort que la peur, il bougea, s'agenouilla dans le passage au mépris de tout ce qu'il éveillait et gagna le champ. Il défit la maison de mousse sèche, en ramena une brassée dont il tapissa le sol de la cache et couvrit ses jambes. Il grelottait. Il vivait une éternité sans issue. Il glissa longtemps dans une torpeur somnolente dont il fut tiré brusquement par deux taches d'un blanc jaune, deux yeux brillants qui le fixaient derrière les pousses des frênes et le terrifièrent. Il bondit instinctivement en arrière pour se sauver, se heurta aux branches, sentit en lui un vide qui le dévorait mais avant qu'il ait pu saisir le fusil les yeux s'étaient enfuis dans un craquement à peine perceptible du bois. C'était la souplesse d'un renard, un blaireau aurait marché plus lourdement.

La lune était couchée, il faisait maintenant très noir. Non, le fusil était vrai, il affrontait des dangers véritables qui n'entamaient en rien sa violence secrète, mais qui le faisaient redevenir un petit garçon, très petit, minuscule dans cette énorme nuit où tout vivait. Il se demandait si elle aurait une fin, si ce qu'il faisait là aurait une fin. Et soudain un immense chagrin le bouleversa, une vague qui attendait depuis longtemps de déferler et qui le noyait maintenant de larmes. Il les essuyait avec sa manche, il essayait de pleurer silencieusement mais de gros hoquets le secouaient, des sanglots et des reniflements irrépressibles l'obligeaient à enfouir son visage dans ses bras croisés sur ses genoux. Enfin les larmes se tarirent, les sillons des derniers pleurs séchés raidirent encore un moment ses joues. Il se coucha sur la mousse, épuisé mais libéré de son angoisse, timidement réconcilié avec la nuit. Il voyait au-dessus de son toit de branches une étoile très brillante, une lueur enfin amicale qui le rassurait. Aux premières lueurs de l'aube, le sommeil le submergea.

C'était son nom. Il entendait de très loin qu'on l'appelait puis son nom fut soudain crié près de lui. Il retrouva instantanément le jour lumineux, la cache, son histoire. Il sursauta, c'était dans le champ. C'était la voix qu'il punirait. Il saisit le fusil à deux mains, poussa la sûreté. La voix approchait, terrifiante, criant son nom. Une détonation formidable le jeta par terre, il y eut une flamme, un choc violent contre sa hanche, puis l'odeur insidieuse, le sortilège capiteux de la poudre, la mort, l'odeur captivante de la mort, un silence vertigineux.

— T'es fou ? hurlait la voix. Adrien, mais t'es fou ? T'as un fusil ?

Il entendit qu'on courait en criant : « Bon sang de bon sang de chien, il a un fusil ! » La voix reprit, plus lointaine, elle devait maintenant être à la barrière de Champarnaud.

— C'est pas possible. Adrien, écoute, c'est pas possible. La Roussette est retrouvée mais ça ne compte pas. C'est ma faute, je le sais. Je ne boirai plus. Mon garçon, je vais te dire, la ferme, les champs, les bêtes, c'est rien sans toi. Laisse-moi ce fusil, viens.

Il y eut encore un long silence puis la voix dit seulement : « Adrien ! », puis se tut. Rien ne bougeait. Il entendit les pas s'éloigner dans le chemin. Il se mit à genoux. Tout son corps était douloureux, il ne savait plus s'il était vraiment éveillé mais dès qu'il eut ouvert le fusil l'odeur charmeuse l'en assura. Il avait tiré, pourtant il était sûr qu'il n'avait pas voulu tuer son père, non, seulement mettre devant lui la barrière de l'arme, lui dire qu'il était là. Il se sentait à demi rêveur, très loin de tout, comme s'il eût atteint un autre monde où restait seulement le désir d'être étendu dans sa chambre et d'attendre le baiser de sa mère. Il embrassait Alice. Il était devant la mer avec Maria. Il dessinait des cartes. Son père et lui étaient tous deux assis au sommet d'une charretée de foin et rentraient en chantant *Brave marin*. Il regardait depuis Champarnaud le déroulement infini de la terre. L'issue était d'une vérité éclatante : il fallait se tuer.

Il retira la douille vide, referma le fusil sur la seconde cartouche. La cache n'était plus rien, que le souvenir de l'horreur nocturne, il avait besoin du jour, de la lumière. Quand il sortit du bois le soleil frappant fugitivement l'acier du canon l'aveugla. Il revit le champ paisible et indifférent. Bien que son corps endolori lui fît mal il réussit à monter sur le mur, à sauter la haie, à suivre le routin. La vallée était immense. Tout en bas, près du lavoir, le petit groupe regardait vers lui, le grand-père d'Albert le désignait de son bâton. Clémence avait les deux poings serrés sur sa bouche, Maria levait un bras dont la main s'agitait. Il fit quelques pas le long des taillis qui coupaient le chaume jusqu'aux prairies quand son père parut là-bas, marchant devant Lortier à qui il parlait en se retournant, jusqu'à ce que lui aussi lève la tête et le voie.

Son père l'appelait, Maria l'appelait. Il sentit que la pente attirait peu à peu son corps. Au milieu du chaume, il ne put se retenir, la déclivité l'emportait, il tenait le fusil d'une main et courait. Il les vit qui se rapprochaient, figés devant lui qui dévalait, sautait le mur du bas, courait, il les vit fuir, s'accroupir la tête dans les mains, se coucher à plat ventre, seul son père s'avançait vers lui les bras grands ouverts, transfiguré de bonheur. Tout se rapprochait à une vitesse dont il n'était plus maître mais il devait se tuer là, c'était maintenant, il le fallait. Il voyait tous les visages, tous les yeux agrandis par la peur sauf son père qui souriait les bras ouverts. Emporté par son élan il réussit à saisir le fusil de son autre main, à le relever vers lui, à appuyer sauvagement sur les détentes. Le fusil sauta dans un tonnerre en sonnant sur les pierres jusque dans l'eau du lavoir, les plombs crépitèrent de l'autre côté dans les peupliers d'où s'envola un léger nuage de feuilles hachées. Adrien, haletant, tremblant de tous ses membres, tomba dans les bras de son père. Il sentit la veste rude, l'odeur chaude, l'asile de Fernand qui l'étreignait en murmurant : « Mon petit, c'est fini, c'est fini. » Quand sa mère, défigurée par une peur qu'elle n'avait pas encore chassée, l'arracha des bras de Fernand pour l'embrasser éperdument Adrien comprit enfin qu'il n'était pas mort. Tout pouvait peut-être recommencer.

XII

LORTIER

De bonne heure, en refermant la petite porte de la vallée, Lortier masqua graduellement derrière le battant épais l'image de son bonheur : là-bas, devant la maison, Mo pliait un drap avec une de ses filles et toutes deux riaient parce que l'une avait tiré d'un coup sec à contretemps sur les plis du linge, que l'autre avait lâchés ; derrière elles un très vieux rosier s'étoilait de blanc, l'architecture de la tonnelle glissant jusqu'aux fleurs à couper et aux légumes dessinait un premier plan verdoyant. Au centre, la blancheur éclatante du drap tranchait vivement sur la pierre dorée des vieux murs et semblait renvoyer le soleil sur les cheveux gris de Mo, qui paraissait blonde. Ce tableau sans âge effaçait à tout jamais les guerres, les meurtres et les cruautés auxquels avait résisté la maison forte. Lortier referma doucement la porte sur lui, comme pour le protéger.

Il prit le sentier et avant de s'engager sur le routin du haut des chaumes se retourna. La maison n'était que l'ordonnance en murs et en toits du rocher primitif qui s'était peu à peu agencé pour la faire naître. Elle contenait puissamment le temps et Lortier sut tout à coup avec une évidence irrécusable qu'il n'en était que l'hôte fugace, la feuille d'un été sur un très vieil arbre. C'était bien ainsi ; il avait beaucoup vécu en nomade, cherchant obstinément les premières traces de son espèce enfouies près des lacs africains ou sur les plateaux des Andes ou survivant dans les plaines gelées des chasseurs de rennes sibériens, mais la tenace paysannerie poitevine l'avait rattrapé par quelque détour et attaché là. Il lui avait suffi de se glisser humblement dans la maison forte, de se modeler à elle, de lui faire accepter avec sa présence les outils de sa propre époque : elle et lui étaient hôtes, dans la juste ambivalence que prenait le mot. Mais dans une autre vision du temps la maison n'abritait que l'errance fugitive d'un passager. Pourtant elle lui permettait parfois, lorsque au milieu des nuits il attendait le sommeil, d'en devenir le cœur, de se sentir en elle le dépositaire d'un vaste vaisseau matriciel et nourricier dont il connaissait chaque membrure, devenu regard, voletant à travers murs et portes d'une pièce à l'autre, des poutres de la tourelle aux souterrains des caves, dans un silence miraculeux.

Remontant sur son dos la musette de toile qu'il avait prise pour rapporter le pain que voulait Mo, il marcha jusqu'au premier mur de pierres sèches. Au-dessous de lui, la vallée étincelait. Le fouet figé du ruisseau semblait d'un noir glacé de cuir qui lorsqu'il n'était rayé d'aucun arbre devenait de chanvre gris. Les peupleraies immobiles, les prés à peine soulignés par le mince ourlet des clôtures, l'ossature confuse des rochers bosselant les chaumes maigres, tout était dans l'immobilité frémissante d'une silencieuse oraison. Lortier n'aurait su dire pourquoi ce paysage, dont l'échappée se fermait sur un lointain imprécis qu'il pouvait pourtant déchiffrer dans ses moindres lignes, était toujours pour lui d'une harmonie magique. Il ne savait pas comment cette harmonie le pénétrait peu à peu jusqu'à ce qu'il en devienne un des éléments concourant avec tous les autres à une sorte d'ordre premier, éternel et souverain, sous lequel disparaissait la fureur du monde. Tu es bien raisonneur, ce matin. Contente-toi donc d'accueillir la beauté de juin sur ta peau.

Il continua de suivre le routin, traversa beaucoup plus loin le bois qui coupait les chaumes et s'arrêta à l'endroit où s'était tenu Adrien lorsqu'il l'avait vu immobile, juste avant qu'il se précipite dans la pente. Ça n'avait pas été facile de parler, après, personne ne trouvait ses mots. Un plomb avait déchiqueté le lobe de l'oreille d'Adrien, dont le visage et le cou étaient couverts de sang, Fernand en l'embrassant s'en était rougi. Maria les voyant tous deux comme des Indiens marqués de peintures de guerre avait brusquement éclaté d'un rire nerveux et tout s'était dénoué, Maria les avait lavés avec son mouchoir pendant que le vieux Mainson hoquetait de rire, Clémence avait déchiré le bas de sa combinaison et comme elle essayait maladroitement de bander l'oreille du garçon s'était mise à rire dans ses pleurs elle aussi en s'interrompant parfois pour le serrer violemment contre elle. Fernand regardait intensément Adrien en souriant. Ils arrêtaient tous leurs rires pour pousser de grands soupirs.

— Bon, avait dit brusquement Fernand, maintenant on n'en parle plus, c'est fini.

— Je t'ai apporté des tartines de pâté, disait Clémence, mais Adrien faisait non de la tête, la faim n'était pas encore réapparue, il avait beaucoup de mal à revenir de son lointain voyage.

— Vous êtes d'accord, monsieur Mainson ? disait Fernand, on n'en parle plus ? Ça ne se raconte à personne !

— D'accord, avait dit le grand-père. Que le diable me coupe. Ni à Albert ni à personne.

— On ira à La Rochelle, disait Maria, ta mère le veut bien.

— J'ai été voir le maître, disait Clémence, j'ai dit que tu étais un peu fatigué. Ils t'attendent tous.

— Bon ! avait dit Fernand, j'ai peut-être bien un plomb dans la joue, moi aussi ; ça me cuit. Pas besoin de rester là, hein ? On ne va pas attendre l'herbe à naître ?

— Allez, marche ! avait dit le grand-père. Maria et moi par le pierré de la Bastière, vous par les chaumes, vous rentrerez par le jardin. Qui est-ce qui s'occupe du fusil ?

— Moi, avait dit Lortier. Laissez-moi ça.

Il aurait voulu emmener Adrien avec lui, il savait que Maria en avait aussi le désir ; tous deux devinaient que Fernand et le garçon devraient en tâtonnant apprivoiser ce qu'ils avaient découvert de ce qui les liait et sans doute Adrien avait-il besoin d'un grand repos. En même temps la nouveauté de l'enfance était telle qu'une longue nuit de sommeil et un jour d'école et de jeux apaiseraient peut-être et assagiraient ce qui l'avait si sauvagement traversé.

Lortier y songeait encore en descendant jusqu'au ruisseau. La mort ou l'instrument qui la signifiait et qu'il avait tenu en main avait dû peu à peu cerner cet enfant et le tenter de son issue, déguisée en délivrance d'il ne savait quoi, peut-être justement de son enfance. « Le voilà qui naît, maintenant, se dit-il, au moment où l'ombre m'accueillle, le matin vient et aussi la nuit, Zacharie lit ça dans sa Bible. » Ce qui importait à présent n'était pas d'expliquer, mais de projeter. Lortier s'entendrait avec Fernand pour que le gosse vienne apprendre à dessiner avec Mo, il en profiterait pour lui proposer des livres, il conviendrait avec Mo et Maria d'entourer plus tendrement encore ce garçon qui aurait pu être avec quelques années de plus l'un de ses petits-fils.

Il s'arrêta près du lavoir et fut surpris par son essoufflement, alors que la descente aurait dû alléger sa marche. C'était là qu'il avait repêché le fusil, sur les dalles où courait l'eau vive. Il l'avait fait sécher sans nettoyer les canons, l'avait essuyé de toutes traces, avait pris soin d'essuyer aussi la cartouche percutée qu'il y avait laissée et avait apporté l'arme aux gendarmes ; ils en avaient authentifié le numéro, c'était bien celui de Germain Brunet. Quelqu'un l'avait trouvé là où Brunet disait l'avoir caché et s'en était débarrassé en le jetant dans le ruisseau ; deux mètres plus loin le fusil tombait au fond de la fosse de Pont-Bertrand pour y dormir des années, les gendarmes étaient fort contents de la façon dont tout cela tournait.

Lortier s'assit sur la borne où s'attachaient les charrettes portant le linge des grandes lessives. Il était vide de pensées, regardant l'eau courir, fasciné par son miroitement. Il avait chaud, il se sentait si pesant qu'il eut un moment l'envie de revenir, de s'allonger dans son fauteuil, mais il avait une revanche à prendre sur ce qu'il n'avait pas eu le courage d'affronter à sa dernière promenade. Que c'était court, la vie, qui pourtant n'en finissait pas d'être neuve ! Il se leva en s'aidant de sa canne, choisit de suivre le ruisseau, traversa l'eau au gué du milieu, mais ne prit pas le sentier qui l'aurait emmené chez les vanniers, il ne se sentait pas le courage d'une conversation. Il coupa de biais la pente du coteau en s'appliquant à respirer lentement et profondément, sans trop prendre garde au cœur qui battait dans sa gorge. Inexplicablement il vit l'image de ses enfants qui lui souriaient, non pas comme ils étaient maintenant, à quarante ou cinquante ans, mais plus jeunes, divers, chacun portant son caractère sur son visage, unis pour lui sourire et c'était comme un don inattendu, une grâce soudaine qui lui était faite. Il en éprouvait une joie immense qui gonflait en lui, brûlait, éclatait en paillettes aux trajectoires flamboyantes, coupantes, un amas de soleils brouillant l'image dont ils semblaient issus sous la roue de grands rayonnements acérés, puis tout disparut.

Il se retrouva couché dans l'herbe, rampant pour ne pas rouler dans la pente, avec une conscience aiguë de l'éblouissement qui l'avait étendu là. L'étau qui écrasait son bras se desserrait lentement, il avait très chaud, il n'avait pas lâché sa canne. Il la planta en terre, se hala sur elle et se mit debout. Il laissa passer l'orage, le chassant hors de lui en longues expirations mesurées, comme l'aurait fait un soufflet de forge prenant garde à ne pas éteindre les minces flammes qu'il voulait raviver. Tout allait bien maintenant, sinon qu'il était las et qu'il avait soif, mais Puypouzin était loin. Les toits des premières maisons de la Bastière s'alignaient derrière la crête, il décida de s'arrêter chez Zacharie.

La porte de l'atelier était ouverte et le menuisier se lavait les mains dehors dans un vieux timbre qui recevait l'eau de pluie sur l'enchevêtrement de petits fossiles enchâssés dans sa pierre.

— Tu tombes bien, dit-il, je viens juste de planter mes poireaux, je suis en retard, les poireaux se plantent début mai. Qu'est-ce que tu préfères, la maison ou l'atelier ?

— L'atelier.

— Alors entre et assieds-toi où tu peux, je vais chercher une fillette de pomerol et deux verres. Dis donc, regarde-moi. Qu'est-ce qui t'arrive ? Tu as une drôle de mine toute grise. Tu ne te sens pas bien ?

— Je marche trop dans ces coteaux, ça monte trop fort pour moi.

— Et si je te donnais un petit verre de trois-six ?

— Surtout pas, il me gâcherait ton pomerol. Apporte donc aussi un grand verre d'eau, cria-t-il à Zacharie, qui s'éloignait en courant.

L'odeur du bois réconcilia Lortier avec lui-même. Il s'assit sur une caisse à outils. Zacharie avait dû brusquement penser à ses poireaux et laisser là l'ouvrage mis en route, des montants de frêne jaune clair au pigment doucement veiné étaient posés sur l'établi jonché de copeaux. Il se demanda pourquoi le travail des mains le touchait si fort, peut-être parce qu'il avait déterré partout des outils de pierre ou d'os qui portaient la marque de son espèce, et d'où tout avait découlé. Il n'aimait rien tant que la noblesse dans l'œil d'un artisan parlant avec passion de son métier. Zacharie savait être servant et maître de son bois. Il l'enviait. Toute sa vie, il avait appliqué son esprit d'archéologue à deviner, parfois à comprendre les gestes anciens qui avaient assuré cette dualité triomphante sur tout, sur les trois règnes et les quatre éléments. À quoi son effort avait-il servi ? Il n'en savait rien. Le cerveau aussi était un bel outil, pas forcément de bon usage.

Zacharie parut dans la porte, portant d'une main le verre qu'il lui tendit, de l'autre la bouteille qu'il posa sur l'établi avec les deux verres tirés de sa poche. Lortier but l'eau à grandes gorgées avides. Par-dessus les lunettes cerclées de fer qu'il avait dû mettre pour déboucher la fillette, les bons yeux inquiets de Zacharie le dévisageaient.

— Ça va mieux ? C'est que tu m'as fait peur avec ta mine de Lazarre déterré, dit-il en souriant. Qu'est-ce qu'il y a eu ?

— J'ai eu une petite faiblesse en montant Piémont mais c'est fini. Ton pomerol va me remettre en selle.

— Allez, trinquons, dit Zacharie. Qui vit sans

folie n'est pas si sage qu'il le croit, je sais ça. Mais dis donc, mon conscrit, est-ce que tu n'en ferais pas un peu trop ? Tu commences à être à l'âge où les bougies vont coûter plus cher que le gâteau.

— Vois-tu ça, mon conscrit ! Et qu'est-ce que je dirais de toi ?

— Tu dirais que moi je n'ai pas de patte folle et que je ne gambade pas dans les campagnes.

— Elle ne me gêne pas, dit Lortier, c'est plus haut que ça se passe.

Il avait eu moins de chance que Zacharie, la guerre avait meurtri une de ses jambes, qui devenait parfois lourde et douloureuse mais cela ne se voyait pas. Il leva gaiement son verre comme s'il avait à nouveau trinqué. Le pomerol était franc, courageux, délicieux. Avec lui toutes ses forces revivaient.

— Tu ne devineras pas quel beau poisson j'ai trouvé avant-hier dans le lavoir de Pont-Bertrand, sous trente centimètres d'eau : le fusil de Germain Brunet.

Zacharie fut stupéfait. « Bravo, se dit Lortier, le père Mainson a su tenir sa langue. » Il raconta sa découverte et ce qu'il en avait fait.

— C'est le coup d'un fouineur, dit Zacharie, ou d'un gosse qui tendait des collets à mésanges dans ce bois, il a trouvé l'engin là où ce mauvais chien l'avait caché et quand il a vu ce que c'était, au bout d'une petite semaine il s'en est débar-

266

rassé au bon endroit, pour que les laveuses le trouvent. Sais-tu que c'est presque gênant d'aller se faire raser, maintenant ? Cécile pleure, il ne sera pas puni pour ça, mais il a aussi saccagé la vie de sa femme.

Les vies gâchées, la folie des meurtres, l'enfant Adrien, ses propres enfants qui l'avaient emporté et maintenant la fraternité du menuisier firent que Lortier se décida brusquement.

— Ton vin me chauffe le cœur, Zacharie, dit-il, mais écoute-moi, il faut que je te parle. Il faut que je parle. Tout ces temps-ci, je tourne ma vie dans ma tête. Il n'y a pas que de beaux côtés. Je m'en veux parce que, pour dire la vérité, j'ai manqué de courage.

— En voilà une autre, dit Zacharie paisiblement.

— J'ai des ombres, que j'ai toujours méprisées, mais elles sont là. Et je m'y suis trouvé bien. Bon élève, bon soldat, bon époux, bon père, bon archéologue, ça, c'est le chant de l'alouette, mais souvent je me suis senti épervier. Parfois j'ai eu envie de tout casser, de tout changer, de fuir mais c'était trop tard, ou trop fort pour moi. Tout le monde m'a cru humble alors que je crevais d'orgueil. Mon alouette a aimé les succès et les honneurs qui la rassuraient et mon épervier l'aurait tuée pour ça. J'ai souvent trompé mon monde, j'ai joué à être mûr et sûr et j'étais enfantin et incertain, vous croyez que j'ai eu une vie droite et résolue alors que pour moi elle a été incohérente. J'arrive à la fin et je ne sais plus très bien ce que je suis. Don Quichotte est mort sage après avoir vécu fou, moi c'est le contraire.

— Qu'est-ce que tu me chantes là ? coupa doucement Zacharie. Sais-tu que si tu disais tout ce que tu viens de me dire à ta femme, elle pourrait peut-être se fâcher ? Ta vie avec elle a été incohérente ? Alors qu'elle n'a vécu que pour toi ? Et tu trouves tout ça incertain ?

— Ha ! fit Lortier pris de court, mais ça n'est pas de cette existence-là que je parle.

— Parce que tu crois qu'il y en a deux ? Allons donc !

Il n'osa pas dire combien Zacharie avait touché juste. Son amour pour Mo emportait toutes ces amertumes, tous les désirs qu'il avait eu de changer de vie, elle était le sage et l'enfantin, l'alouette et l'épervier, lumières et ombres, elle ennoblissait tout. La grande peur de Lortier devant toutes les femmes avait été de décevoir, de sorte qu'il avait toujours aimé la conquête et négligé le butin, mais Mo avait régné sur lui, l'avait bercé et apaisé, lui avait ménagé le port le plus sûr, offert aussi le secret de ce havre dans lequel s'était parfois glissée l'éternité. Que leurs corps eussent moins d'élans qu'autrefois ne changeait rien, c'était le même feu dévorant ou se reposant mais brûlant toujours, la même joie insatiable à marcher à côté d'elle, à toucher sa

peau. Et qu'il eût été apôtre ou brigand n'empê-
chait pas qu'à ces moments se lève en lui quelque
chose d'infini, un soleil de gloire.

— C'est vrai, dit-il enfin d'un ton contrit. Je
parle d'orgueil alors que c'était de la vanité, je
me plains de cette existence-là alors qu'elle est
devenue secondaire en se mêlant avec l'autre.

— Ce que tu me fais là, reprit Zacharie, c'est
une grosse crise d'égoïsme. Avec tous tes diplômes
et tes livres savants, tu raisonnes comme un
sabot. Qu'est-ce que je dirais, moi, alors, pour le
courage ? Je sais bien qu'un chien mouillé ne
sèche pas l'autre mais crois-tu que j'en ai, moi,
du courage, à rêver toute ma vie d'une morte au
lieu qu'une autre femme me fasse des enfants et
que je me batte avec ma scie et mon rabot pour
les élever ? Voilà ce qui aurait été du courage.
Mon Pays, je te connais comme je connais le fil
du bois, tu aurais voulu être un juste, mais ça
n'est pas souvent donné à un homme. Et puis
qu'est-ce que c'est que cette histoire de rabâcher
sur ta vie, de regarder dans les cimetières alors
qu'il faut voir loin par-dessus les murs ! C'est
aujourd'hui et demain qui comptent.

— Bon sang ! dit Lortier, Zacharie tu me fais
du bien, tu me réveilles. Ça vaut le trois-six.

Le menuisier tapa du poing sur son établi.

— Il y a un mot que je n'ai pas aimé dans ton
beau discours, c'est « mépriser ». On n'a le droit
de mépriser personne, sauf ceux qui font le mal.

Et toi et moi depuis la guerre on n'a jamais varié là-dessus, le vrai mal, celui du Diable, c'est de soumettre les autres par la force, de faire souffrir par cruauté, ou quand on tue homme ou bête pour autre chose que pour manger ou défendre sa vie. Tes petits honneurs qui te grattent, à côté, c'est une piqûre d'ortie en face de la lèpre.

— Pardon, dit Lortier, tu as raison. C'est toi le juste.

— Oh ! non, seuls mes assemblages étaient justes quand j'avais de bons yeux. Dis donc ! tu m'emmènes loin avec tes fariboles. Est-ce que tu te sens bien, maintenant ?

— Avec tes deux verres de vin et ton prêche, très bien.

— Est-ce que tu veux que j'aille chercher la voiture du mécanicien pour te ramener ?

Lortier tenait fort bien debout, et il lui restait une ou deux petites visites à faire. Devant le visage de saint Joseph auréolé de boucles blanches du vieux menuisier qui l'entourait si chaudement, il se sentait rasséréné, toutes les épines qui l'avaient déchiré en songeant il ne savait pas pourquoi à ce qu'avait été sa vie en face des autres s'émoussaient ; il avait presque honte d'être si riche de Mo après ce que son ami venait de confier pour la première fois, cet amour mort jamais oublié. Zacharie l'accompagna jusqu'à la barrière, ils se serrèrent la main en souriant et se quittèrent.

Lortier avait décidé d'affronter cette fois la maison d'enfance autrement que par le jardin. Dès qu'il vit sa façade il fut avec elle dans une familiarité très ancienne qu'elle ne causait pas mais qu'elle réveillait comme le faisaient parfois ses seuls souvenirs. La pierre de grès perdue dans le mur calcaire était toujours là, l'if dont elle pompait l'humidité avait besoin d'être taillé, la bordure d'oxalis n'était pas bêchée. Mais ce qu'il voyait avait oublié ce qu'il était seul à connaître, le petit garçon qui tirait l'eau du puits, la jument blanche, la chienne, le vieil homme sifflotant ou cachant une clé dans un trou d'échafaudage, ou éprouvant du doigt le fil de son couteau, juste un geste, tous ces fantômes qui avaient besoin pour exister non plus de cette maison froidement survivante mais de celle qui renaissait en lui à son gré. Le jardin aux asperges et aux framboisiers, le rucher bien aligné vers l'est dormaient maintenant sous une pelouse et un massif de belles-de-jour marquait la place du grand tas de paille où pépiaient les moineaux. « Ne t'attarde pas dans les cimetières, avait dit Zacharie, regarde loin par-dessus les murs ! » C'était une belle maison bourgeoise sans mémoire, et peut-être Zélie Madron l'épiait-elle de derrière sa haie de laurier-tin, guettant le moindre signe d'un regret. Il suffisait d'oublier les traces encore visibles de ce qu'il avait lui-même planté, dessiné, fabriqué pour d'autres qui n'étaient plus. Il frappa durement le sol d'un coup sec de sa canne et s'éloigna.

Il croisa Élodie Russeille pleine de sourire et de santé, s'arrêta pour échanger quelques mots, devant son échoppe ouverte, avec Paulus, dit Carmagnole, qui avait repoussé d'entre ses cuisses son pied de fer de cordonnier et reposait sa jambe chaussée de la grosse bottine orthopédique qu'il s'était fabriquée lui-même, articulée avec une tige de fer pour redresser son pied bot. Paulus était un anarchiste joyeux, il se moquait de ce qu'il aurait voulu étrangler, il commença la chronique des événements qui secouaient le monde avec gourmandise, mais Lortier était bien au-delà et coupa court. La porte de la boulangerie déclencha en s'ouvrant le son joyeux d'un timbre qui fit surgir une jeune femme. Des nouvelles furent échangées, il cassa sa baguette en deux pour la mettre dans sa musette et repartit riche de la gaieté de dents éclatantes dans une bouche en cerise, aussi jeune que l'odeur toujours neuve du pain.

« Je suis vieille et flétrie, disait Mo, je me demande ce que tu me trouves. » « Je te trouve », disait-il.

En s'appuyant fortement sur sa canne, il prit la venelle étroite qui descendait entre les murs et les jardins vers la mairie et l'école. L'étau recommençait à mordre son épaule et son bras mais plus légèrement, signalant seulement à Lortier qu'il était là. Il passa devant la maison près des classes enfantines, où sa mère l'avait mis au monde et ce fut comme si elle se tenait là, près de la porte ouverte, pour l'accueillir. Sa mère lui avait donné une petite enfance lumineuse, mais avait souffert de le voir grandir. À mesure qu'il devenait adolescent augmentait en elle la passion dévorante de vivre pour lui comme elle aurait voulu qu'il vécût pour elle, de se sacrifier pour lui, même s'il n'avait aucun besoin de sacrifice. Elle avait enduré la malemort à le savoir à la guerre et presque en même temps à perdre son mari, au point qu'on avait cru un moment son esprit altéré. Tous deux avaient eu l'un pour l'autre de violents élans d'amour qui ne s'étaient pas toujours rejoints. La place qu'avait eue sa mère dans sa propre vie était un inextricable écheveau de joies et de tourments, il n'y voulait pas penser, il chassa violemment tous les souvenirs amers, les heurts, les douleurs ; il ne voulait se rappeler que les moments tendres, ceux d'une harmonie dans laquelle ils avaient été éperdument mère et fils.

Lortier s'éloigna sans se retourner et gagna le lavoir d'en haut, où il n'y avait personne. Le bruit de la source lui donna soif, il s'agenouilla péniblement sur une des dalles polies par des lessives séculaires et but dans sa main, écoutant l'eau ruisseler. Il mit longtemps à se relever, son cœur sonnait en désordre et il avait hâte de rentrer. Un peu plus loin l'école bruissait par ses fenêtres ouvertes ; de l'une d'elles où était sans doute la classe des petits s'envolait la mélopée à plusieurs voix qui devait être une leçon scandée en chœur. Il fut touché de ces intonations d'enfants, devant ce bâtiment neuf qui n'effaçait pas la cour à jouer aux billes ou aux barres, l'alignement des rentrées, la salle aux murs décorés de cartes où son père lui avait appris la grammaire et la morale ; quand elle était vide, à la nuit tombante, il allait en secret y mesurer délicieusement sa frayeur. Là-bas, près du tableau noir défendu par les dos serrés des tables, le chiffon pendu à sa ficelle, comme tous les objets dissimulant leur malice et semblant pendant le jour endormis, attendait que l'obscurité le délie de sa servitude immobile et s'animait de palpitations presque insensibles, comme de légers battements d'ailes silencieuses, une chauve-souris de toile agitant ses plis. Il avait si peur et il était en même temps si résolu que les larmes lui venaient aux yeux pendant qu'il avançait sa main, puis saisissait enfin cette bête qui mourait entre ses doigts, molle et flasque, frangée d'un nuage de poussière blanche comme un champignon vesse-de-loup.

Il se secoua, pressa le pas pour s'éloigner du village, presque oppressé par ce qui déferlait, comme si les gardiens de son enfance l'avaient lâchée à ses trousses. Elle l'attendait encore à la sortie du village, au croisement de la route et du grand pierré qui descendait au pont-d'en-bas et ménageait une large étoile de terre-plein où rougeoyaient encore pour lui les anciens feux de la Saint-Jean d'été. C'était toujours très tard, une fois la lune montée. Son père piquait un fagot au bout d'une fourche courte et lui prenait la main, sa mère levait très haut la lampe et restait sur les marches jusqu'à ce qu'ils eussent refermé le portail. Ils répondaient joyeusement aux saluts sonores des groupes de paysans, de plus en plus nombreux à mesure qu'ils approchaient de cette grande lueur qui là-bas conjurait la nuit. Des ombres hérissées de sarments dansaient sur les chemins. L'immense brasier crépitant les heurtait brusquement, projetant vers l'obscurité des flammèches grésillantes, et cette royale présence du feu à qui se dédiait l'agitation de la campagne le plongeait, émerveillé, dans un rite sauvage et somptueux de rondes enivrantes, de sauts par-dessus les braises, d'air brûlant et tremblant qui tendait la peau à craquer ; le dragon se tordait, dardait ses langues rouges, on le coiffait d'une gerbe de blé dévorée d'une haleine pour purifier la moisson prochaine. Il tombait de fatigue en revenant sur les épaules de son père, qui devait être très jeune à ce moment-là ; mais pour lui, balancé par la marche, son père était l'invincible sauvegarde que nul étendard de flamme, nulle puissance de la nuit, nulle chauve-souris magique n'aurait jamais fait reculer.

Il traversa le terre-plein ensoleillé, lavé de

toute nuit, et s'engagea dans la forte pente du chemin pierreux, en s'assurant avec sa canne dans les passages ravinés par l'hiver où les cailloux roulaient sous le pied. Il soufflait, il était inquiet de tout ce qui ne cessait de le talonner, de tous ces visages en sarabande autour de lui. Son père aimait les caches, les souterrains, les grottes, les silex luisant sur les labours après la pluie, les pièces d'argent ou les restes de poteries glanées dans d'anciennes ruines que sa fouille révélait. Il aimait analyser les terres, étudier la géologie des sols, chercher les sources. La migration des oiseaux l'émouvait. Dans les longues promenades qu'ils avaient faites tous deux plus tard il avait appris à son fils, avec le nom des plantes ou les traces des animaux, ce qu'il savait de la longue aventure des hommes et ce qu'il espérait de son devenir. Il était mort jeune. Depuis, Lortier avait toujours été orphelin.

Il était impossible de se hâter dans ce chemin, il trébuchait, tout ça se mêlait un peu trop vite, il n'était pas plus maître de sa tête que de son pas. Un renard sauvage dévorait à nouveau son bras. Il atteignit enfin le bout du chemin, prit la route, hésita à se reposer en s'asseyant sur une borne chasse-roue du pont-d'en-bas, mais il comprenait maintenant que ce qui approchait ne se soucierait ni de marche ni de repos. Ainsi donc, c'était ça. Ce qu'il avait si souvent croisé à la guerre, interrogé devant des sépultures millénaires, rêvé dans les soirs d'affût à la chasse ou à côté de Mo après l'amour était là. Ce qui lui avait paru si longtemps écrasant, opaque, inimaginable était, au-delà d'une vive douleur, cette présence légère et impalpable qui l'entourait de sa transparence jusqu'à le frôler. Il fallait qu'il retrouve Mo, qu'il arrive jusqu'à elle, il le fallait absolument.

Il prit résolument le sentier de pente rude, mais qui coupait court vers la maison forte, dont les toits bleus attendaient là-haut, dans un azur somptueux. Mo se confondait avec le battement de son sang, avec le ruisseau derrière lui, avec ces bouquets de mauve et de chicorée sauvage sur le chaume, elle était son recours extrême, où s'oubliait ce petit gouffre souterrain sur lequel il s'était souvent penché. « J'ai vécu tragiquement une vie heureuse », se dit-il. Il avait fait route avec un amour éclatant, il entraînait pourtant en secret dans son sillon un compagnon aveugle qui le tirait par la manche. Froid soleil, pays sans couleur et sans vent, vertige aimanté de l'absence. Insoutenable contradiction de son espèce enfantant saints et bourreaux, et ces guerriers insatiables. Pourtant il lui avait semblé quelquefois de façon fugace, si ténue qu'il ne s'en apercevait qu'en le quittant, qu'il approchait de ce qui devait être la Vérité, ou de ce que lui-même contenait de la Vérité. Et dans cet éclair, malgré les enfants morts et les corps écartelés, le monde était bon, il aurait suffi de redresser ce qui était courbé, d'amender ce qui était pervers et destructeur. Mais l'âge d'or n'était qu'un coup d'aile égratignant l'impassible bleu du ciel. Il n'était qu'un homme moyen, sa trace serait infime, sauf dans quelques cœurs.

Il se secoua violemment, planta sa canne devant lui et se hissa sur le sentier. Non. Non ! La mort était intolérable. Tout continuerait sans lui, la chair de ceux qu'il aimait vivrait sans lui, il serait seul à ne plus être, injustement seul. C'était cela la vraie révolte, la maison forte défierait tous les orages, les pieds de mauve et de chicorée sauvage recommenceraient à fleurir. Une souffrance suffocante rongeait sa poitrine, qu'un autre lui-même semblait contempler sans en être atteint. Ses enfants parurent encore en transparence sur le sentier jusqu'à la porte de la vallée, là-bas, si lointaine, ils étaient joyeux, Adrien était avec eux, tous ses petits-enfants l'entouraient, le tiraient en riant vers la porte où Mo se penchait en tendant la main vers lui, où sa vie se penchait vers lui mais il ne pouvait plus rien saisir et le chagrin de Mo le déchirait. « L'espoir existe encore, se dit-il, peut-être plus pour moi, mais pour elle il existe encore. » Il bascula de tout son long sur la terre, il agrippa la terre de ses ongles. Il voyait une lumière aveuglante, celle du feu de la Saint-Jean d'été, il était juché sur les épaules de son père, il se retenait des deux mains autour de son front, il écoutait la voix protectrice. « Motte-toi bien,

disait son père, motte-toi bien, ma petite caille. »
Il était maintenant très loin, au pied d'un grand
mur clair qu'il aurait fallu traverser dans son
épaisseur, mais Mo lui ordonnait désespérément
de refuser, elle criait qu'il devait s'arrêter, revenir. C'étaient un effort et un temps sans mesure.

Tout au bout, la douleur se mit à fuir, comme
bue par la terre dont il retrouvait enfin près de sa
bouche l'odeur sèche ; sous ses doigts une matière
grenue se délitait. Plus tard, il distingua nettement
les fleurs, le tracé du sentier, comprit qu'il était de
retour. Il attendit longtemps, attentif aux légères
brûlures sur sa joue des tiges d'herbe froissées. Il
eut enfin le violent désir de s'asseoir, de tenir sa
canne, de se mettre debout. Il était debout. Il avait
toujours en bandoulière la musette au pain. Une
ombre de joie dansait autour de lui, légère et hési-
tante, qu'il sentait de plus en plus clairement l'ef-
fleurer, l'entourer, le charpenter. Fortement appuyé
sur sa canne, il fit un pas, un autre pas. Le cœur
restait presque paisible, il suffisait de s'arrêter souvent. Enfin il ouvrit la petite porte de la vallée et la
claqua derrière lui sur tous ses ennemis défaits. Au
bout de la terrasse herbue, sous la tonnelle, Maria
et Mo étaient assises et écossaient des petits pois.
Dès qu'elle le vit, Mo se leva. Encore une fois, le
matin existait.

DU MÊME AUTEUR

Aux Éditions Gallimard

LE MATIN VIENT ET AUSSI LA NUIT, roman, 1999 (Folio n° 3720)

TOUS COMPTES FAITS, *suivi de* LAWRENCE EN GUERRE.
Entretiens avec F. Badré et A. Guillon, mémoires, 1997

ATTENTION À LA PEINTURE, roman, 1997

LA DESCENTE DU FLEUVE, roman, 1991 (Folio n° 2531)

LE GUETTEUR D'OMBRE, roman, 1979 (Folio n° 1562)

MAZARIN, scénario, 1978

HÉLIOGABALE, théâtre, 1971

LE SABLE VIF, roman, 1963 (Folio n° 1120)

LA BLESSURE, nouvelles, 1956

LA CHASSE ROYALE, roman, 1953 (Folio n° 1273)

ARMES ET BAGAGES, roman, 1951 (Folio n° 2331)

Composition Graphic-Hainaut.
Impression Société Nouvelle Firmin-Didot
à Mesnil-sur-l'Estrée, le 20 juin 2002
Dépôt légal : juin 2002.
Numéro d'imprimeur : 60084.

'SBN 2-07-042465-0/Imprimé en France.

13796